満月●ふたたび

片山郷子

第七作品集

鉱脈社

人間のこころを絵で描く「暗闇の中に愛が降る」
2023年2月19日 著者作　協力／青海（チョセイブン）

目次

詩　二編

月の家

ひしゃげた月 53

満月ふたたび 97

満月ふたたび

詩

二編

米寿の風景

三軒目の店で

米寿の風景

子どものころの夢をみた

小さな庭の隅に菜の花が咲いていた
黄色く咲いた
どこからかもんしろ蝶が飛んできた
ひらりひらり
二頭が上下に円をつくって飛んでいる
突然
わたしの足元にうずくまっていたゆきが

腹をねじって飛びかかった
蝶々はさっと身をかわして難を逃れた
ゆきはそしらぬ顔をしてまたうずくまる
捕まえられなかったことを少し恥じているようだ
蝶々は　またゆきをからかうように
二頭で仲良く下へ舞い降りてくる
ゆきよ
おまえの鋭い爪が薄い羽をひっかけたら
ただではおかないよ

台所でわたしとゆきは御飯を食べた
ゆきは丸くなって眠りだした
微かないびきが聞こえだした

わたしはいびきの音を聞きながら
暗闇の世界の中にいる
かたちも色もない
黒い壁に囲まれている
壁は徐々に狭まってくる
天井が徐々に下りてくる
長い過去はとめどもなく
脳裏をかけめぐっている
過去は生えてくるきのこのようだ

三軒目の店で

その店は
しぶい暖簾で年代を思わせた
風がないのに暖簾は揺れて
わたしの肩を愛撫した
懐かしいものを漂わせていた
人間の
におい
歴史の
におい

それはあるいは
四軒目の店の暖簾かもしれない

店内のひとは
多すぎもしなければ少なすぎもしなかった
わたしは隅の椅子に腰をかけた
水割りをおかわりしてひとを待った
だが
約束はしていなかった
彼が来るかどうかわからない
ここでいつも四軒目の店の話をした
懐かしい四軒目
まだわたしの行ったことがない

その四軒目の店のことを考えた
いつも彼が詳しく話していたその店に
行こうか行くまいか
水割りをもう一杯飲んで決めよう

月の家

一

ここは東京のはずれ、河が近くを流れていて、街の灯は届かない。外灯はない。あるいは、建物の陰に倒れそうな外灯の細い柱が斜めに立っているかもしれない。近くを走る高速道路の車の音は途切れることなく、一定の距離で走り続けている。大きなクラクションも急停車の音も響かないので、継続する走行音は耳に慣れ、案外静かに聞こえる。

闇の中に七階建てのマンション風の建物がたたずんでいる。玄関の自動ドアの上に〝月の家〟と彫られたプレートが貼られ、その上に高齢者用賃貸住宅Sと書かれている。夜八時を過ぎれば館内の明かりはわずかである。

九時、真っ暗な空に明るい光が斜めに、地上に落ちてきた。小惑星のかけらが、強い光を放って落ちたのだ。東の空高く、満月が白い光を放って輝いている。

わたしは、〝月の家〟の六十人ほどの入居者の中で、ただひとりの全盲の視覚障害者である。他にも、年齢とともに眼病を患って、新聞の見出しも見えなくなったとか、つまずいて転んだという者は大勢いる。

わたしは人工衛星も満月も見ることはできない。色彩のない世界、形のない世界にいる。小学生のころ天の川を見ることをあきらめた。天の川や流れ星はわたしの永遠の、ヒミツの憧れとなった。もし幼いわたしが空の星が見えないと言ったら、わたしの姉は大きな驚きの声をあげて、「K子ちゃん、あんなによく見えるじゃないの。流れ星が落ちるまでにお願い事を言うと叶うのよ。K子ちゃん、お願い事ないの」と言ったろう。幼い女の子は、見えないともう正直に言わない。それまでに何度も言ったことがあるのだが、姉はすぐ忘れてしまっていた。なんでも見える姉にとって、幼い妹の声はこころに届かない。少しずつこころがひねくれていく。幼い女の子はひねくれた自分のこころを、星の代わりに見るようになった。

世界中のどこからでも見える、いろいろな動物の棲む月、また月面に人間が立ったという月が見えなくなったとわかったとき、わたしは絶望の淵に沈んだ。こころの中からあの大きな神秘的な月が抜けていって、そこは空洞になった。

ブラックホールが出来たのか。高齢の中途失明者はそれまで見えていたものをぼろぼろ喪っていく。両の手からこぼれ落ちていく。拾おうとしても摑めない、どうしても摑めない……。

二

「今朝は空が真っ青だよ。雲の切れ端ひとつない」

食堂の前の席の長谷川が教えてくれる。彼はこの秋で九十二歳になった。わたしのこころがどんなに青い空を見たいと渇望しているか、彼はどれだけ理解してくれているのだろうかと、ふと思う。たぶん、長谷川は、わたしの全盲という表面的なことを優しいこころで見ているだけであろう。わたしのこころがわたしの目と繋がっていて、こころと目が互いに作用しあって、絶えず、低音を奏でて鳴り響いていることに、またその響いている音は、悲しく泣いていることに気がつかないであろう。

別のとき男性職員が声をかけてくれることがある。

「今朝はお天気で空が真っ青ですよ」

「教えてくれてありがとう。わたしの部屋は陽が入らないのよ」

わたしは声をかけてくれたことの嬉しさとそれが見えない自分に、一抹の寂寥を覚える。暗闇の中にいて人間が声をかけてくれることはほんとうに嬉しいことである。密かにわたしはまだ人間なんだと思える……。

わたしが〝最後の青空〟を見たのは、越後湯沢の峡谷、清津峡である。左に深い谷を削って、河が流れていた。心地良い音楽のような河の音が聞こえてくるが、個々は谷の下流で静かな流れだ。この先に川岸に降りられる階段があるのだろう。右手の山の裾の草むらに朝のこおろぎがものうげに鳴いている。

わたしと友は前夜地元に泊まったので、早い出足だ。うしろも前も人影はない。友を前に、緩い坂道をときどき短い会話を交わしながら、縦にゆっくり歩く。上を見上げると空が真っ青だった。なにものも混じりけのない純粋な深い青だ。

空はどこまでも高い。手の届かない高さだ。

「ああ、青にとけそう」

「うん」

「吸い取られそう」

「うん」

「登っていきたい」

「うん」

「階段がない」

「ああ……」

友は前を向いたまま少し笑ったようだ。友の背中に温かい血が流れている。わたしの胸にも同じ血が……。

やがて、横の参道から入ってきた人たちの声が聞こえ始めた。賑やかな幸福に満ちた笑い声。わたしと友の静かな世界は終わった……。

この青空が、わたしのこころに染みこんだ〝最後の青空〟だった。なんと青くて高い空だったろう。あのような空をこころに印象づけて見たことがある人がいるだろうか。

わたしはその空をこころに飲み込んだ。

このときわたしは六十歳くらいで、眼もそれほど不便ではなく元気だった。五年ほど先には眼の難病、網膜色素変性症が出る。視界からすべてが徐々に消えていくのだ。消えていく瞬間はわからない。だが時間が纏まれば、喪った結果がわかる。

清津峡へ一緒に行ったあの友は、わたしの失明と前後して亡くなった。先に逝ってしまった。予想もしなかった癌で、半年あまりの闘病で……。目の不便さがいつまでもわたしに取り付いているように、友を喪った悲しみは消えない。逝ってしまった人の柔らかな手を握ることはできない。生と死とはとなり合わせである。生を選ばされた者に、悲しみは深くつきまとう。

三

食卓の前の席に腰掛けている長谷川は穏やかな老紳士という感じで、小さい声で話をする。

長谷川は親しくなると、「物事はなるようにしかならない」とか、「無理しても仕方がない」とか言うようになった。わたしは物足りなさを感じる。ただ九十二歳という年齢を考えて、「そうね」「そうね」と答える。

彼はわたしより先に食堂へ来ているとき、わたしが白杖を頼りに食堂へ入っていくと、

「まっすぐ、まっすぐ」とか、「こっちだ、こっちだ」と声を出して、わたしを誘導してくれるようになった。わたしは彼の声を聞き分け、彼の穏やかな声を耳にすると、救われたような気持ちになる。静かな喜びが湧く。自然にわたしは右か左に傾いて歩いているらしい。彼と戦中戦後の話をする。それから相撲と野球の話。

おばあさんで野球に興味がある人をみたことがない。わたしは三十年以上も前から阪神タイガースの熱烈なファンで、年が増えてもこれだけは変わらない。球場行きもテレビも今は出来なくなっても、ラジオで聴けば楽しい。負ければ悔しい。

長谷川は手押し車を押して食堂に来る。杖だけでは不便のようだ。いつの間にかわたしは彼の車の手すりに掴まって、食後は一緒に帰るようになった。はじめ手が触れ合わないように注意していたがだんだん平気になって、手の甲と手の平が重なるようになって、手の温かさ冷たさを一言二言話すようになった。

ある時、ふたりで手押し車の手すりに掴まって食堂を出ようとすると、後ろから女の大きな声がかかった。

「うらやましーい」

その周りにいた女たちがどっと笑った。また言った。

「うらやましーい」

まわりの女たちの笑い声が半分になった。三度目を言った。まったく同じ調子で。しかしだれも笑わなかった。一瞬空気は静まった。わたしは今度彼女がなにか言ったら、引き返して彼女の頰をひっぱたいてやりたいとこころの中で思ったが、彼女がどこにいるのか見えないし、名前さえ知らない。長谷川はいつもと変わらない。なにも言わないので聞こえなかったのではないか、あるいは理解しなかったのではないかとふと思ったが、あるいはすべて聞こえていて黙っているのかもしれなかった。わたしも口を開かなかった。

ただそのときを境にしてわたしたちを揶揄するような雰囲気がどこかに潜んでいたのがすっかり影を潜めた。「うらやましーい」と言った声をわたしの耳は探したが、わからずじまいだった。

ここに比較的長谷川に近寄ってくる女性がいる。花田という。

「わたしはあんたより年上なのだからね」

と大きな声で、いつも同じことを彼に言う。九十五歳である。彼女は元の職業は薬剤師で、学校で英語は習わず、ドイツ語ばかり勉強したという。時々「ダンケ」とどこかに向かって叫ぶようだ。

長谷川は、「耳が遠くなったので、大きな声で言わないと聞こえないよ」と彼女を労わるようにわたしにいう。

「食堂へ来るのが早いのね」

大声で聞くと、

「だって、お腹は空かないけどお部屋にひとりでいてもつまらないんですもの」

と答える。わたしの席へ時々来て、「がんばりましょうね」という。最も他の席の人にも言っているようだ。ただわたしはここへ来て一年半。長谷川と花田はずっと長い。恐らく同じ時期の入居で仲良しだったのではないか。

先日こんなことがあった。食堂が比較的空いているときで、長谷川はまだ来ていなかった。わたしが入って行くと、彼女がすぐ来て、わたしの食堂の重い椅子を引いてくれる。

「ひとりでできるから、大丈夫よ」

と断るわたしの言葉に耳も貸さない。とても大きな声をだして嬉しそうに、一方的に言う。

「これでいい。もっと押す?」

とわたしを椅子に腰掛けさせ、耳もとへ口を近づけて叫ぶ、

「できたわ!」

いかにも満足そうな声をだした。わたしも久しぶりに一緒に声を出して笑った。

彼女は前々から、わたしが腰掛けるとき椅子を引く役目をしたいらしいことを、わたしは薄々感じていた。だが食堂の係やヘルパーが手早くやってしまうし、わたしはひとりでもできるのだ。高齢の彼女は危ないからと、万一の事故を思って手伝うことを止められている。

椅子はとても重い。その日はたまたま彼女の行為を阻止する人たちがいなかった。それで他の人に邪魔されずに、わたしに親切な行為ができたのだ。彼女は嬉しそうに満足そうにけたたましい笑い声を残して、向こうの人の方へ行ってしまった。

わたしは花田より十歳以上年下だが、彼女からみると保護しなければならないと思っているようだ。わたしが食堂の入口にさしかかったとき、花田が大きな声で言っているのが聞こえた、

「だって見えないのですもの、可哀想よ」

だれも返事をしなかった。わたしがドアを入って行くのが中から見えたのだろう。花田がわたしに好意的なのは、わたしが長谷川と仲良しなのがわかっているからだろう。

一般に高齢者のほとんどが長い年月、努力して培ってきたものを、ある時から、頭の中からぽとぽとと落としていく。自分の意志ではなく責任でもなく思い出を忘れていく。過去ばかりではなく今に近いことも忘れていく。必死に抵抗しているのに人間の努力は効果なく、まだ薬も有効ではないらしい。ものを忘れかけた人々は自制心がなくなり、ストレートに本当のこころが表に出てしまう。

わたしは娘に、

「ほらほら、人を攻撃などしていると認知症になったとき、攻撃するこころが丸見えになるよ」

などと脅かされる……。

四

入居のとき責任者に「マンションと思ってください」と言われた。家賃の他にサービス料として、ここでは三万円取られる。わたしの部屋は四階の食堂に一番近い。

ここには、人生を長く歩いて来た人たち五十八人が入居している。すべてひとり部屋で、風呂と小さなキッチンにＩＨコンロがついている。三食付きだが、外食するときなど断ってもいい。

規定通りにすれば料金が引かれる。

一階と四階に食堂があり、決まった時間にそれぞれ食堂へ行く。席は決まっていないが、ほぼみんなは同じような所へ腰掛けていた。

食堂は広く、所定の時間以外は多目的に使える。〝月の家〟では、二部屋借りて、夫婦で別々の部屋に入っている人たちもいる。高齢の親と子どもという組み合わせもある。部屋は離れていて、四階と六階ということもあるらしい。

ひとり一部屋でも、百歳を超えるまで生きていたら部屋代食事代など払いきれるか密かに心配して、慣れない計算を試みている者もいる。一家族で二部屋分の支払いをすることは大変であろう。

食堂で少し話をした人は八十九歳で、車椅子に乗っていた。数年前、転んで骨折して手術をしたが、車椅子になった。自分で扱っていた。名前は草田という。

彼女のことをだれでもが優しい人という。若いときからずっと、同じ会社に勤めていて、定年になったあとも会社がいてもいいと言ってくれたので、それからさらに十年頑張って勤めた。おかげでぎりぎりここの支払いが自分の年金で間にあうという。

「息子はよくわからないけど七十前かな、腎臓が悪く、十年も人工透析をしている。わたしはこのごろすぐなんでも忘れてしまって、息子の世話ができない。情けない母親だ。息子の部屋の番号も忘れてしまう。息子はどこにいるのだろう。あたし、自分の部屋番号もわからなくなる。どうしようもないねえ」

彼女の胸に介護ヘルパーが部屋番号を書いたバッヂをつけたそうだ、だれでも教えられるように。草田の単調な低い声音を聞いているうちに、ふいに目頭が熱くなった。彼女の声には悲しみが含まれていないで、乾いているように聞こえるのだが。

「だれでもやがて忘れるようになっていくのよ。あなただけではない」

というと、

「本当かねえ。あたしだけじゃないの」

「みんなよ」

「いやだねえ。みんなどこへ行ったのかしら。お部屋でテレビ見ているのかしら。なにをしているのかしら」

わたしの名前を何度も聞いたがすぐ忘れる。そして尋ねることもしなくなる。わたしを〝おかあさん〟と呼びかける。「テレビは見ていても前の筋を忘れてしまうから、もう見ない」と言った。

「外へ出たくない？」

ここの建物を出るとすぐ道がわからなくなるから出ないという。草田はわかるわからないというカテゴリーがよく摑めていて、感心する。

「みんなはどこにいるのだろう。部屋かしら。お部屋でなにをしているのかしら。テレビを見ているのかしら」

と同じ言葉を前の言葉の末尾につけているように繰り返す。メビウスの帯のねじれのように……。

それでも、わたしにお茶をいれてくれようとした。はじめ自分だけいれて飲んでいたが、八十八歳の男性、岬がたまたま食堂へ自分もお茶を飲みに来て、ついでにわたしにお茶をいれてくれた。それを見て、

「あたしは気が利かなくてごめんなさい」

と言って立ち上がった。

「わたしはあるからいいのよ」

と草田をあわてて制したが、何度も彼女はわたしに謝ったので、わたしのこころは申し訳なさで一杯になった。これまで慎ましく遠慮がちに生きてきた様子が浮かんでくる。草田は息子の他に下に娘が二人いて、息子の経済面の手助けなどを少しずつやっているという。一家が助けあって暮らしている様子が偲ばれる。

岬は声に張りがあり、ものをはっきり発音する。とても八十八歳には思えない。最近は八十代はじめかなと思う人が後半であることが多い。高齢化の波は、さざ波のように押し寄せてきている。もはや九十歳は驚くほどの高齢ではない。

岬は話さないのでわからないが、内臓に軽い疾患をもっているらしい。食堂でわたしの横を通るとき、肩をぽんと叩いた。わたしは飛びあがるほど驚いたが、やがて彼はそ

っと叩くようになった。やがて彼の手は春のそよ風のようにあるかなしかの静けさでわたしの肩をそっと叩いた。触れあうか触れあわないかのぬくもりは、人間の温かさをわたしのこころに伝えてくれる。声だけ掛けていくこともある。わたしがはっきりと彼の声を覚えたからだ。岬は初めから自分の名を名乗ったので、わたしはすぐ彼を認識することができた。

ここではほとんどの人たちが、わたしの前をそっと通って行く。声で挨拶したり名乗る人は少ない。〝月の家〟に住んでいてほとんど毎日会う人たちだが、声を出してものを言わない。声だけで、言葉だけで生きている者は、別の世界の人間の中に紛れ込んだようで心許ない。

以前わたしの隣に男性が座った。わたしは名前を聞いた。ワンテンポ、間を空けて彼は答えた。

「でも別な所で会ったら、いま名乗ってもぼくがわからないでしょう」

わたしは吃驚した。それはそうだが、このような考え方があるとは知らなかった。言われたこともない。その後、注意していたが、彼はわたしのそばへ寄ってこなかった。避けた、と感じた。彼は歌好きで奥様方と出歩いているという。交際家で、わたしと別な世界では明るく気さくな良い人なのだ。

わたしは、人間が向く方向で顔が変わるということはよく知っている。彼の名前を他の人に聞いておいた。別にどうこう出来るものではないが、機会があれば視覚障害者のことを知ってもらいたいと思うからだ。どこの国だか、街で視覚障害者に会うと、いろいろな人たちが気軽に声をかけ、挨拶をすると聞いた。日本人は遠慮深い？

音や言葉を頼りに生きている者にとって、無声というのはどこかへ閉じ込められたようである。理屈はいらない。人間の本来持っている優しさや思いやりをストレートに出してほしい。わたしのように高齢で真っ暗の世界に押し込められた者は、〝月の家〟の中で会う人々が明るく声をかけてわたしのそばを通りすぎて行ってくれたら、わたしの黒い世界はどれほど明るくなるだろうと思う。ここに住む人たちは高齢で半分病気持ちであるから、人のことなど構っていられないという声を何度も聞いた。

わたしは、食堂の入口に大きな湯沸かし器があり、煎茶やほうじ茶が置いてあり自由に飲んでもいい、ということは知っている。だが危なくて、ひとりでお茶をいれることはできない。〝目が見えないということは一番駄目なことだ〟と、素早くさびしく思う。

ここでは一般の住宅と同じく、介護保険が使える。介護保険を申請するのは自由で、介護5まで入居可能という。ちなみにわたしは長い間、介護1である。自室の掃除洗濯など家事を支援してもらっている。わたしは、室内を両手を這わせて、転倒しないように気を付けて動いている。わたしより見えて歩ける人がわたしより介護度の高い人もいる。「調査員に出来るか出来ないか聞かれたとき、練習すればなんとか出来るとおかあさんは答えるから、それはできることになるのでだめなのよ。イエスかノーなのよ」。と娘に言われた……。

五

朝食の後、まわりは静かだった。少し離れた配膳の方で話し声が聞こえた。

「……ないのだけど……」

「食堂には落ちてませんよ。あったら落とし物入れに入れておきますから」と食堂の係が答えている。

それだけでわたしはおおよそのことを理解した。そのとき何故か、わたしの方へ来なければいいが、と思った。

ゆっくりお茶を飲んだ。長谷川やまわりのわたしに比較的親しい人たちは食事が終わって自室へ戻りだれもいなかった。

少し時間が経った。あれは済んだのかなと思いながら一杯目のお茶をほぼ飲み終えたとき、わたしの右手に男のヘルパーが立った。じっとしている。わたしは黙っていたが、ヘルパーに眺められているのを感じていた。

ヘルパーの男が口を切った。

「その袋はKさんが牛乳を入れて持って帰る袋ですよね」

そのときわたしはどのような返事をしたか覚えがない。長年使い慣れた愛用のサイフを、「それは貴女の物ですね」と念押しされたような気持ちだった。食卓の目の前に、わたしは紐付きの布の袋を無造作に置いていた。それにいつも支給された牛乳パックをいれて、部屋へ持ち帰って飲む。

ヘルパーは、手をわたしの腰掛けの横に出した。わたしは無言で動かなかったので、手がわたしの尻の下まで伸びた。わたしは怒りで声が出なかった。

急いで部屋へ戻り、ドキドキしている胸を押さえた。屈辱が全身を震わせていた。あとで友達の桜井にそのことを話すと、「痴漢……」と叫べばよかったのよ、と言われたが、わたしは石のように硬直していた。まさか盗んだとは思うまい。だが見えないので、人の分まで持っていこうとしていると疑って、尻の下まで手を入れて探ったのだ。視覚障害者というだけで、公然と疑いをかけたのだ。

わたしたちは非常に敏感で、触っただけで、自他の物の区別がわかる。第一、相手が何を持っているかも見えないのだ。

暫くして、友達の桜井に話したいと思った。しかし彼女は仕事中で忙しい身だ。それに声が震えるだろう。

部屋を出て食堂前の廊下へ出た。偶然あのヘルパーらしき人とすれ違った。

「ああ、さっきの……」

わたしは立ち止まった。慌てて聞いた。

「お名前は?」

「外山です……」

「外山さん、古くからいる方ね、それで袋はあったの」

「まだです」

「捜したの？」

「これから……」

「早く捜して。わたしここで待っているから」

わたしは廊下の隅の小さな椅子に腰掛けた。

「それから、ちょっとわたしの袋、見て」

わたしは外山に袋を手渡し、外山は受け取って、結構念入りに見ているようだった。

ふと自虐的な気持ちが湧いて言った、

「中を見てもいいわよ」

中には玄関の鍵と笛が入れてあった。わたしは歯を食いしばって袋を調べているらしい外山の姿を想像した。ばかな人だと、ふと心の隅で思った。見当違いなことを熱心にやっている。

外山は袋をわたしに戻すと、無言でわたしの側を離れた。あまり待たせないで外山は戻ってきた。

「ありました」

「どこに？」

袋がないと騒いだ女の部屋の、トイレの床に落ちていたという。

「なぜ先にそこを捜さなかったの。目の悪いわたしがいたから、手っ取り早くわたしに疑いを掛けたのね」

「申し訳ありません。ちょっと」

外山はわたしから離れて何処かへ行ったようだが、待っているとすぐ戻ってきた。中座したのに、見えない者に状況説明というものをしない。状況説明をわたしたちはいつも求めているのに。外山は落ち着いて言った、

「Kさんに訳を説明しないで、そばを捜したことと、先にあちらをすぐ捜さなかったことを悪かったと思っています。申し訳ありません」

まるでマニュアルを見ているような答えだった。

「わたしはその人のこと何も知らないし、姿が見えないのよ。その人の名前はなんと言うの」

「申し訳ありません」

「教えられないの」

「わたしの責任ですから、申し訳ありません」

「申し訳ありませんって繰り返したって、心に通じないわね」

「申し訳ありません」

それからの彼は申し訳ありません、の一点張りだった。まるでその態度はわたしが何か相手を困らせているようで、不愉快になった。

「いくら謝られてもわたしの気持ちは晴れないわ。でも今はどうしてよいかわからない。考えるわ」

わたしは正直に自分の気持ちを言って自室に戻り、静かにドアを閉めた。

六

自室はやはりわたしの身を守ってくれる場所だと感じた。人間のいない淋しさと安心……。

間違いはだれにもある。だがこの間違いはなぜ起きたか。単純に謝ればいいという問題ではない。なぜ彼がそのような行動をとったか。わたしは答えを求めていろいろな人

に電話をかけた。桜井を省いてみんなが、同じように言う、

「我慢するように……。忘れていくことだ」

一番腹が立ったのは、

「あなたは目が悪いのだから、何かでヘルパーには世話になることもあるから、この際、大人の判断をして大人しくしていた方がいいのではないか」

という賢そうな説教であった。

仲のよい友達の一人がそのようなことを言ったとき、わたしは落ち込んだ。ほんとうの友達だろうか？　ここ〝月の家〟の上層部へ話を持ち込もうかとも迷ったが、〝月の家〟は自分の住んでいるところの管理人なのに、なんとなく親しみが湧かなかった。理解されないと先に思ってしまう、わたしの悪いクセなのだろう。

わたしは自分のこころに合う答えを求めて、あちこちに電話をかけた。これもぼけ防止のひとつになるかもしれないとふと考えたときは、こころにゆとりが生じたようだ。

桜井はわたしの身になって怒った。

「いるのよね、まだそんな男が、女の身体を触って平気な男が、自分の仕事の基本は忘れて……。どうするか、このようなことが繰り返されないようするために……」

わたしと同一線上に立った桜井の怒りは、気持ち良かった。桜井は福祉の仕事をしていてわたしの娘のような年齢であるが、友達だった。

日本視覚障害者団体連合に相談窓口があるからと電話番号を教えてくれた人がいた。かけてみたが、窓口に出た人はありきたりの答弁を語るだけで、参考にするべき意見ではなかった。

わたしには自分の言葉の整理ができていなかった。自分を見つめて考えて、だんだん心の怒りのありようにも気がついてきた。ヘルパー、外山の心の奥に、差別意識が自覚されないまま年齢と共に堆く積み上げられているのではないか。本人も気がつかないまま、それはべったりと張り付いていく。障害だけではない。自分と違う色や形をもった他人に対して差別意識を持つ。子どもも持つ。心の奥で……時には表立って……。

七

新型コロナウイルスが世界的に発症流行している。

〝月の家〟では、コロナウイルス予防対策の一つとして、全員の体温をヘルパーが毎朝測っていた。今の体温計は、額に触れるか触れない距離で瞬時に体温を測定し、記録できる。

むかし子どもが幼いとき、体温計を壊した。水銀がでて、敷居の溝にころころ転がった。指で捕まえようとすると、ころころ逃げた。わたしは万一子どもが口にいれていないか心配になって、近所の医者へ子どもを連れて走ったが、なんでもなかった。あのとき、水銀が捕まえられなかった記憶があるが、あれは何処へ逃げたのだろう。数ミリのものをわたしの目はしっかり捕らえていたのに……。

外山が体温を測りに部屋へ入ってきた。あれ以来初めて会う。わたしは彼の言葉を待って黙っていた。外山は言った。

「先日は申し訳ありませんでした」

あとで謝ることはヘルパーにとって珍しいことに思われた。わたしはほぼ半分だけ、外山を許し始めていたように思う。ただ、一月（ひとつき）経ってもわたしの心がじめじめと湿っているのは、話し合いがなされないからであろう。袋をなくしたと騒いだ女がどの辺に座っているのか、わからない。

食堂にいる人間たちは一人も見えないのだから、とうとう名前もわからなかった。外山とも彼女とも心を割った話し合いはできなかった。暗闇しか見えないわたしに、人に率先して話し合いに持ち込むことはできなかった。勿論、助手となってくれる人がいれば別だが、そのような人を捜すのもできない相談だった。わたしは彼女を咎める気持ちは毛頭ない。だがこれこれのことがあったと彼女に知ってもらいたい。長い年月生き抜いてきた人間として。

ヘルパーには彼女の心が傷つかないように仲に入ってほしい。ただ隠して物事を丸めようとしないで……。

半年以上前のことだ。〝月の家〟のわたしの諸経費の請求領収書がきた。その中に切手代千四十円というのがあった。たまたまそれをみたケアマネジャーのYが、

「これは間違いじゃないかしら」

と言った、

「Kさんはこういう買い物の仕方をしない」

わたしは小銭をだれかに立て替えてもらうということをしない。むかし、夫が小さな会社を経営していたとき、数人の自部署で返し忘れたとか貰っていないとかトラブルが

あった。以後わたしは小銭に注意していた。責任者のTに言った。Tはわたしの介護ヘルパーに立て替えで買い物を頼まれなかったかと調べた。一人はその日、休みであった。もう一人は買いに行ってないと答えた。だが、秘密っぽく聞かれて嫌な感じを受けたという。

「調べていますから少し待ってください」

とTは言ったが、そのまま返事がなかった。今までにも暫くお待ちください、と言ってそのままになったことが二度あった。わたしはTをほとんど信用できなくなっていた。しかしお金のことであり強く言った。Tはわたしの部屋へきて玄関口に立ったままで言った、

「名前のない領収書がでてきたものですから、Kさんの名前を書いてパソコンに打ち込ませました。わたしの責任です。来月、お金はKさんの口座に戻します」

「でも、なぜ名前のわからない伝票にわたしの名前を書いたの」

「それが、どう考えてもわからないのです。伝票を見ているうちに、Kさんの名前が浮かんできました」

わたしは呆れてものが言えなかった。国会の答弁でこのようなことを聞いた気がした。

まともな話はできないと思って、口をつぐんでしまった。

この話は後があった。二ヶ月経っても三ヶ月経っても、Tからはなにも言ってこなかった。わたしはKに調査を頼んだ。彼からもすぐ返事がなかった。二週間ほどして彼は来て、Kの地位では個人情報の経理簿を開くことができなかったので、本社の上司に頼んで調べてもらったので遅れてすみませんでしたと言った。〝月の家〟の本社は新橋にあった。〝月の家〟の会社は発展しているそうだが、生の言葉で話し合いをしない伝統があるのだろうか。

新型コロナウイルスの出現を知ったとき、無知なわたしは、最初豪華船に乗っている人々が船の中で感染しているのかと思った。ところが中国の発生地を云々されているのを聞いている内に、そんな生易しいものでないことを知った。たちまちコロナウイルスは世界中に根を延ばしていった。効く薬は無く、次々に人々は感染して死んでいく。国境はなかった。

〝月の家〟の食堂の四人掛けのテーブルは二人掛けとなった。アクリル板の遮蔽物が食卓に置かれた。マスク着用となった。

職員の親しい友達が、ＰＣＲ検査の結果、陽性反応がでた。行動を共にした職員も陽性反応で、出勤停止となった。入居者は全員外出禁止、食堂も使用禁止となった。全員が部屋食となり、手分けした職員が朝昼晩と盆にのせた紙の容器に入れられた食べ物を運んでくれる。ゴミが大量に出る。わたしは災害時に出る膨大なゴミの量を知ったとき、人間の暮らしがとてつもなく贅沢になっていることを知る。

認知症にならないため、知人たちに電話して長話をした。知人たちはよく付き合ってくれた。パソコンで文字を打ち文章を創った。またデイジー図書で『日本沈没』、『ペスト』などの小説などを昼も夜も聴いた。あとはラジオで、深夜便はほとんどつけっぱなしであった。

ラジオはわたしが少女のころ、父が〝音楽の泉〟というクラシック番組を聴いていて、わたしも一緒に聞いた。番組のテーマ曲〝楽興の時〟は五十年前のあの頃も今も同じである。

あとの話で長谷川は〝テレビがなかったらどうなったろう〟と言った。またそのテレビ番組がとてもつまらなかったとも。

緊急の中でもわたしたちに接触するのは五分足らずと思うが、気のまわる人まわらない人など、様々なヘルパーがいることがわかった。世話をしてくれる人たちにわたししたちの命を預けていることを痛感した。黙々と日の過ぎるのを待った。

やがて該当職員もその友人もＰＣＲ検査が陰性になり、部屋食は二週間で終わった。恐れていたクラスターにならなかったのは本当に幸運だった。

わたしは配膳の最終日に職員に冗談交じりに言った、

「長い間ご苦労さま。お祝いに花の一輪ずつでも配りませんか」

職員は軽く笑って、

「ここはケチだから無理でしょう」

と答えた。わたしは六十本のバラの花の値段を計算したり、人の心が明るくなることを考えたりした。

一年半経ったころ、ワクチンが出始めた。日本は医学が進んでいる国だと思っていたが、ワクチンの出足は遅く、わたしもあとひと月くらい経つと注射の順番がやってくるらしい。行政からの通知がまだなので詳細はわからないが、わたし個人としては、順番を先に若者に譲りたい気持ちである。新しく発見された変異株は若者を狙って増殖していると聞くから。コロナ後の経済活動を考えるなら、高齢者の年齢を八十歳以上にしてもよかったのではないかと思う。

コロナ二年目の春の巡りは早かった。桜の開花は例年より早く、たちまち散った。四階の食堂の大きなガラス窓から、桜並木が見おろせる。みんなは窓際に寄ってガヤガヤと楽しそうに、昨日まで三分くらいだったのが今日はもう満開よ、あの花の色、少し変わって見える、などとおしゃべりしている。少し離れたところでぽつんとしている人間がひとりいることには、だれも気がつかない。

みどり色の初夏に向かっていく。新型コロナウイルスの変異株がでて、またその変異が何処かの国に出ているとか、これは人間とウイルスの戦争なのに、人間と人間のほんとうの戦争をしている愚かな人間の集団がある。

百年前の〝スペイン風邪〟の教訓はほとんど活かされていない、とある歴史学者が言っていた。そうだろうと思う。医学科学が著しく進歩しても、人間の心は本当に進歩しない。

コロナ禍でやられている人々を、根拠のない噂、誹謗中傷などで誹る人間がいる。百年前と進歩しない人間の心がある。美しい花たちや動物たちはコロナに感染しないようで幸いである。

八

〝月の家〞の食堂のテレビは大型で、七十インチで音は大きい。だれも見ていなくても、テレビの中のタレントの黄色い笑い声やおしゃべりのがなり声が、辺りに鳴り響いている。むかしテレビの出始めたころ、こういうテレビの見方、テレビは王様の時代があった。各家庭に一台あるテレビを囲んでみんなで見た。経済の発展とともに各人がテレビを一台ずつ持つようになって、家庭のテレビの音は低くなった。

〝月の家〞では、各人は部屋にテレビを持っているのではないだろうか。長谷川は音量が大きすぎて見づらいので自室へ戻って見ているらしい。わたしはニュースを聞きたいが、ここでは言葉が耳に入ってこない。音が聞こえても、言葉が線上に並べたようにきちんと耳に入ってこない。静かに食事という雰囲気や習慣はない。

わたしは難聴を恐れている。このようなテレビの置き方をする管理者側が悪いのか入居者側が悪いのか、やはり話し合いがなされないためであろう。

第三次緊急事態宣言がでた。不要な外出、家族の部屋への訪問は、再び禁止となった。

〝月の家〟は海の見えない船になったようである。館内は揺れているようである。館内の空気は濁りだした。コロナウイルスが浮遊しているのであろうか。

ほとんどの人がぼんやりと時を送っている。なんとなく認知症っぽい人々が出始めた。薄暗い空中に目に見えないものが飛び交い始めた。

認知症は伝染病ではないが、することがない、話し相手がいない、運動不足、目的がない、楽しいことがない、美味しいものがない、孤独である、頭がぼんやりしている、名前をいくら聞いても覚えられないなどなど、人々は認知症に近づいていく。

認知症という病気は避けられないものなのだろうか。忘れることを自覚している者、まったく自覚していない者がいる。自分の生い立ちを同じことを繰り返してだれかれにしゃべっている者もいる。閉じこもって昼夜境がなくなり、類型的な人間にみんながなっていく。個性のない輪になっていく。

わたしはもう長く人間を演じてきたから幕をおろしたいと思っているが、幕引きがいないので幕が下りない。座席の客は帰らない。

わたしの周りの空気の中に、幼児の澄んだ甘えた笑い声がフ、フ、フ、フと弾けて聞こえてこないかと、耳を澄ませてみる。無邪気な笑い声が飛び交えばわたしもつられて笑うだろう。暗闇に光が点るだろう。

〝月の家〟には百歳の人が数人いる。九十九歳の男性はあと一年、と生きることに意欲的である。二本の足でかなり歩くし、我々が想像する老醜はない。色気がある。

「死ぬことは大変、でも生きることはもっと大変……」

と廊下で固まって話し合っている人もいる。ひとりは重い杖をひとりは車椅子の中である……。


（完）

ひしゃげた月

はじめに

わたしは、最近ぼーっとして、暗闇を見つめていることが多くなった。

暗闇は果てしなく、区切りがない。

暗闇に両手を突き出してみる。手のひらをひらひらさせて見る。何も見えない。目の前にあるはずの椅子もない。両手で頬を、身体を、触ってみる。

ある、ある。

わたしは触覚でしか物が見えなくなった。わからなくなった。

鈴虫が夜陰の中で鳴いている。一匹だけで鳴いている。亡き人が温かく抱擁してくれる。

静かな時が流れて、わたしは静かな世界に埋没している。

とても楽しく安心な世界だ。

わたしは宇宙の中で、きっとブランコに乗って遊んでいるだろう。大きく漕いでいるだろう……。

こころに浮かんだいくつかの思い出を、書き留めておきたくなった。打ち込んでおきたくなった。わたしは八十四歳の中途失明者だ。愚かなわたしは月の色を、輝きを、恋い慕う……。

一　呼ぶ声

わたしはうつ伏せになって目覚まし時計の針を睨んでいた。時は正確に、チ、チ、と針をうしろへ刻んでいく。夜はまだ明け切っていなかった。眠くはなかった。眠ることができなかった。

五時十七分、母の声がわたしを呼んだ、

「真知子」

わたしははっと起き上がった。まるで隣の部屋から呼ばれたように。

「ああ、お母さん」

わたしは声を出した。

母は、ここから一時間あまり離れた、清瀬の結核療養所にいた。昨夜、わたしは母が生きて手術室から出てくるのを見守り、母の生きているのを確かめ、わたしの呼びかけに弱々しく頷くのを確かめて病室を出た。母は片肺の摘出手術を受けた。衰弱していて体力が手術に耐えられるか、医師はじめみなの心配であった。しかし母は強い意志で手術を希望した。

成功か死か、ここを生きて出て子どもたちの元へ戻れるか、あるいは死か、十年間の療養所生活の総決算を賭けた決意であった。父が妻のいない生活に疲れ果て、病妻から心が離れていったのを知ったときから、母は強くなった。しかしあと数年手術を我慢すれば、結核の特効薬が出回りだして、その特効薬を飲んで母の希望した留守番くらい子どもたちのためにできるようになったかもしれない。母も待つことのできない女であったのだろう。わたしもそうなのだ。

「おかあさん」

麻酔の覚めきらない母は、わたしの呼びかけにかすかに応えた。

「真知子」その一言は、山のような言葉を含んでいた。母はまだ中学生の弟、正人のことを命がけで案じていた。真知子という呼び声は真知子、正人を頼むという言葉が続くのだ。正人は小学二年生のとき母と別れた。非常に大人しく、物陰でシクシク泣いているような男の子であった。彼はいつも母の姿を求めていたのに、母は突然、遠方の療養所へ行ってしまった。

「結核菌が移るからおかあちゃんの傍へ行ってはいけない」

周りの大人たちはそういった。

わたしは起き上がってパジャマを脱ぎ、ちょっと迷って高校の制服を着た。門のところで電報配達人に会った。

〝アイシス　祖母〟

母は、五時十七分に息を引き取ったのだとわたしは再び思った。

昨夜わたしを慰め、わたしに付いてきてくれた月の姿はなかった。わたしは道を、ホームを、電車の中を、泣きながら急いだ。

道ばたのコスモスの花がほとんど色を失って散りそうであった。涙は止めどもなく流れ落ち、制服の黒を鮮やかにした。

人通りの少ない早朝の中で秋は深まっていた。母は四十八歳であった。その後わたしは度々母の呼び声を聞いた。

二　瓶はどこ

高台にある一軒の家に初老の夫婦と白い猫が住んでいた。猫の名はゆき、暑がりであった。

「お醬油瓶は　どこ」

わたしは、柔らかい声で聞いた。夫も静かに醬油瓶をわたしの前に押した。わたしは見えなくても醬油瓶にちょっと触れ、瓶のある位置を頭の中に入れた。だがすぐ立ち上がり、食卓に背を向け、お釜からご飯を二人分よそった。またわたしは食卓に向かい、夫に茶碗を渡した。夫は何かしゃべっていた。わたしの頭の中の瓶は消えていた。頭の中で瓶はどこへ行ったかわからなくなっていた。おかずはなんだったか覚えていないが、刺身か餃子であったろうか。

わたしはまた聞いた、

「醬油瓶はどこ」

「……」

夫が答えなかったので、しつこくまた聞いた。

「醬油はどこ」

「ここにあるじゃないか」

「見えないわ」

夫は音を立てて醬油瓶をわたしの前に置いた。それからテレビへ向いた。夫が完全に背を向けたとき、わたしの目から大粒の涙が一粒流れた。わたしの足は、テーブルの下にいる猫を愛撫していた。

別の日、わたしは食卓で夫に話した。

「随分見えなくなったから、ずっと白杖を持って歩くようにするわ」

夫はしばらく黙っていたが、言った。

「ごく近くは杖を折りたたんだ方がいいのではないか」

わたしは内心、意外に思った。夫はこのようなことを言う人ではなかった。見栄をはらない、人の噂など気にも留めない人であった。伴侶が車いすに乗ったり白杖を持ったりしたときは、別のこころが出てくるものなのだろうか。

「あの奥さんは町内会の役員などやっているのに、白杖をつきはじめたわ」そのような噂を気にする人ではなかった。

わたしは黙り込んだ。

が、といって、目の状態は進んでいたから、隣の家の前も白杖をついて歩いた。近所の奥さんたちの顔の見分けもつかなくなった。歩道ですれ違う。

「こんにちは」

できるだけ明るく挨拶する。

「わたしねえ。目がわるくなって奥さんのお顔がよく見えなくなったの。お名前を教えてくれると助かるのだけど」

空は晴れているけれど、相手は黙っている。名前も教えてくれない。本当は最初の

「こんにちは」の声でなになにさんの奥さんらしいと見当がついている。だがわたしは名前の確認がしたい。相手はびっくりして、なにを言っていいかわからないようである。わたしは黙礼してすれ違った。

バスが、大通りを一杯の客を乗せて走り抜けて行く。足許の石畳の隙間から雑草が頭を出している。

十年もお付き合いしていた人たちはわたしの急激な変化にただ驚いているのであろう。

夫と四国の四万十川へ行った。土手を船着き場に向かって、夫と腕を組んで歩いた。わたしは背に小さなリュックを背負い、右手に白杖を持って、左手は夫にからだをぴったり寄せて、強く腕に摑まっていた。夫は少し照れたような気持ちを持っているような、そんな気持ちがわたしに伝わってきた。わたしはわざと頭を彼の方へもたれかけた。

四万十川は陽に輝いてほほえみながら、海へ向かってゆったり流れていた。

大きなボートのような船に乗り、中州へ降りた。初老の夫婦が多かった。初老の夫たちは、めかし込んだ老いた妻を写真に撮っていた。

わたしは少し前から言っていた。

「旅行へ行っても、わたしは記念写真はいらない。見えなくなったのだから写真は嫌いよ。撮らないでね」

夫は遠くや近くの風景を撮っていた。わたしは、夫のこころを寂しいだろうと思いやった。すまない気持ちが浮かんだが、謝る言葉は口から出なかった。

夫は七十歳までと言っていた仕事を、死ぬまでやると言い出した。ところが、歩きづらい、階段を上るのに足があがらない、と言いだして病院へ行き、そのまま入院となった。夫の病状は思ったより軽いようで、手術もなく三週間後に退院日が決まった。そのような日、自宅へ電話が入った。交代で病院へ行くことになっていた娘が、二人とも来ないという。

わたしはすぐに言った。

「わたしがこれから行きますから」

本当に嬉しそうな声が返ってきた。

「大丈夫か」

「エレベーターは誰かにボタンを押してもらうし、降りたら看護師さんが病室まで連れて行ってくれるわ」

「おれもエレベーターの前まで行って待っているよ」

わたしは、病院の地下で頼まれた新聞を数種類買って、夫の元へ急いだ。

いろいろな話の後で夫が、言った。

「退院したらおかずの買い物など俺が行くよ。作るのだって料理だって俺のほうがうまいかもしれない」

夫は地方のちいさな旅館の息子であった。彼は独特の笑顔を作った。だが夫の言葉は実行されなかった。退院すると仕事の整理に夢中になり、数ヶ月後に、苦しむこともなく、子ども夫婦六人と孫六人に見守られて、静かに逝ってしまった。

まずまずの人生だったのではないかと思う。精一杯生きた人であった。息子が言った。

「おとうさんの死に方、いいと思うな。ぼくもお父さんのように死にたいよ」

三　ひしゃげた月

夕方、花井が電話をかけてきた。

「今日はわたしの誕生日。あと一年で大台の五十よ。これからお祝いに好物のグラタンを作るのよ」

これからでは八時過ぎるだろうと思ったら、それを察したように言った。

「もう主要な材料は作って冷凍してあるの。海老とか」

わたしは指を折って数えてみた。花井とは三十三歳も年が離れていた。

「近ければ持っていくのに。一つぐらい余分に作るの、なんでもない」

「早く帰ってご主人と仲良く食べてね」

電車のベルの発車音が聞こえた。十分ほど乗って、乗り換えてまた十分ほど乗って降り、歩いて重い荷物を持って帰宅する彼女の元気な姿をわたしは受話器を持ったまま、しばらく想像していた。

五、六年前、わたしは大きな団地へ引っ越しをした。地上で白杖を持って空を見上げるわたしに、空はなかった。空の青も白い雲も、星も人工衛星も、月も見えなかった。白い設計図をそのまま写し建てられたような、耐震の四角い建物がきちんと建っているのが、ぼんやりわかった。

わたしは誰彼に、月の見えない寂しさを訴えた。

「あの月が見えなくなるなんて想像できて」

花井は、わたしのこころを真剣に、そのままに受け止めてくれた。正月に、一年間の月のカレンダーをメールで送ってくれた。満月はいつとか、温かくなった頃がいいとか、わたしたちは携帯電話とメールで話し合った。

初夏、花井が勢いよく言ってきた。

「今月、スーパームーンが見えるらしい。一緒に見ましょう。お団子買えたら持っていくわ。雨が心配だけど」

「嬉しいわねえ。お天気は大丈夫、きっと」

わたしはこころをときめかせてその夜を待った。ラジオの天気予報が、今夜はスーパームーンが見られますと、繰り返し報じた。日中、花井から短いメールが入った。

〝今夜、おつきさま〟

わたしは平日五時まで仕事をしている花井が、夜、どうやって時間を作るのだろうと思った。花井が慌ただしく電話してきた。

「仕事遅くなったので、このまますぐ行くわ」

花井の事務所とわたしの家は二駅くらいで、近かった。わたしは外へ出られる用意をして花井を待った。花井は息を切らして飛び込んできた。

「自転車で来たの」

二人は、慌ただしく団地の建物を出て、公園に行った。

「あの辺に見えたのだけど」

十階と十二階の建物がぐるっと建っていた。

「はずれの方へ行ってみましょう」

「あの辺にいるはずなのに……。雲で隠れたのかしら。薄い薄い雲が出てきたの」

わたしは頼りなく上を見上げて、首を左右にまわした。もちろんなにも見えない。人通りはなかった。

「ちょっと遠い、池戸団地の外れの公園に行ってみない。建物がないから、見えるかもしれない」

「ええ」

わたしは白杖を急がせた。

「あっちは駅が見える方よ」

大きな公園には誰もいなかった。

「さっき見えたのだけど」

花井は軽く嘆息した。

「曇ってきたんだわ。薄い雲が出てきた。あした晴れると言っていたから……。薄い薄い雲が流れだしているのよ」

わたしたちは無言で家へ向かった。

花井はわたしを玄関の中まで送ると、さよならを口の中でもぐもぐ言って、飛び出していった。わたしは花井の帰宅が遅くなるのを心配した。だが五分くらいすると電話がかかってきた。

「今、雲が動き出したの。風が吹いてきて、月が顔だしたわ。すぐ戻る」

玄関の鍵を閉めてわたしと花井は外へ出て、腕を組んだ。今度はこの棟を出ないまま歩いて、階段を八階の最上階まで登った。しかし月は見つからないのでまた降りてきた。

花井は外廊下から身をあちこちに乗り出して、月を探していた。わたしの部屋の近くに戻った。二人とも無言だった。四階のわたしの部屋の玄関前へ来たとき、花井が小さく叫んで、わたしの腕を強く引っ張った。

「いたわ。ほらあそこ」

花井は、わたしの伸ばした右腕を手すりに固定するように押さえた。

「見えない」

「ほら、あそこ。じっと見て」

花井はわたしの腕を空中に引っ張った。痛いほど、月まで届かせようとするように
……。

「指のずっと先よ。ほら」

わたしは伸ばした指先の空中をじっと睨んだ。片目を瞑って見た。片手で片目を覆ってみた。

「じっと見て」

その時、わたしの目の端を掠めた光があった。

「ああ」

それはソフトボールくらいの大きさの、ひしゃげた月だった。

「見えたわ」

だが瞬きすると、ひしゃげた月は消えていた。

「ああ」

その後、いろいろ試みたが、わたしの目は再び月の陰影を捉えることはなかった。

「見えたのよ。小さなひしゃげた月だったけど、見えたのよ。ありがとう」

「うん、よかった。よかった」

花井は、バッグから月見団子を出してわたしの胸に押しつけ、帰っていった。

わたしの生涯で最後に見た月は、丸い満月ではなく、手のひらに収まるようなひしゃげた月だった。頼りない月のまぼろしの中に、若い友の思いやりが輝いている……。

四　幻影

「盲老人ホームばらの家」の中である。ばらの家には、わたしのようにまったく見えない全盲が三割くらい、弱視などでぼんやり人の顔がわかるくらい、それよりもう少し見える者たちがいる。彼は見える方に入る。

ここは百人収容で、大きい施設である。女性が多い。いずれにしても最後の場所を求めてやってきたのである。

はじめは、見えないわたしが彼を識別できないから、彼の方からわたしに近づいたのであろう。そして、わたしの耳が彼を他の人と区別し、受け入れたのであろう。わたしたちは急速に寄り添うようになった。

彼は館内を二人で歩くとき、わたしの手をとても強く握った。全盲のわたしが離れて何処かに行って仕舞わないように。たった四ヶ月の付き合いであった。しかも最後のころの半月は、二度入院している。わたしたちは携帯電話がなかったら、付き合いは続かず、ほんの短い思い出としてお互いに忘れ去ったであろう。二人の携帯電話は、声だけではなく、こころを伝えた。感触さえ伝えた。

彼は病気になり、入退院を繰り返すようになった。

わたしは一人のときは泣いてばかりいた。

ある日、わたしは食後廊下の手すりに摑まって、一人歩いていた。こころは一点に囚われていた。廊下をエレベーターの前まで来たときだった。冬のコートを着たような彼が、わたしの行く手に現れた。わたしははっとして足を止めた。

「あ」とか「う」とか彼は低く声を出した。そして、たちまち消えてしまった、わたしがわずかな、微細な動作を、起こす前に。わたしはわっと泣いた、こころの中で。

彼は肺癌で、ここから一時間ほど離れた県立病院の緩和ケアの病室にいた。金曜日のその午後、彼は最後の気力を絞ってわたしに逢いにきたのだ、言葉のやまを胸に秘めて。寡黙な人はたどたどしく伝えた。

〝若者のように、あなたに恋している。今ここで死んでは、今まで何のために生きてきたかわからない〟。

人間をこの世にとどめる力は、人間にない。悪魔が来て、彼をわたしから奪っていった。彼は天涯孤独であった。火葬場に彼の骨を拾いに来る者は、わたし以外に誰もいなかった。それなのにわたしは、彼が肺癌でしかも末期であることがわからなかったのだ。知らなかったのだ。見えなかったのだ。気が付かなかったのだ。こういう施設は、個人情報とかで、愛しあっている者にさえ事実を教えてくれない。愚かな盲目のわたし……、悔やんでも悔やみ足らない。歯ぎしりしたい思い。彼はわたしの悲しみあるいは狂乱を思って、自分の口も、周りの者の口も閉ざさせたのだ。

どれだけほんとうのことを話したかったであろう。「ぼくはもうすぐ死ぬのだ」と叫びたかったであろう。

わたしは、小指ほどのちいさな彼の骨を持ち帰った。絹の袋にしまった。恋人の骨を食べてしまった女の話を小説で読んだことがあるが、わかるような気がした。

わたしと彼はまったくのプラトニックであったが、棺に横たわる彼に触れたとき、ふと、それを後悔した……。

五　ともだち

中高年になってから友だちを欲しいと強く思うようになった。

親しいと思っていたKのことである。池袋の音楽会の帰り、数人で喫茶店へ寄っておしゃべりをした。同人誌の仲間であった。わたしは目が悪くなりかけてきた頃で、みんなの小説が読みづらくなったので、会を辞めようか迷っているといった。心の中で、どのようにみんなに話をした方がいいのか、まず先生に話すべきだろうかと考えていた。

ところが翌朝、会の役員から電話がかかってきた。昨夜同席したKがしゃべったのだ。その日の夜までには、会のほとんどの人が知るようになっていた。わたしの目が悪くなって文字が見えなくなっていくことは置き去りにされ、会を辞める話が先行していた。口に出して話したことは、みなの共通の話題になるのよと教えてくれた者もいた。

一週間ほど経ってわたしはKに電話した。

「なぜしゃべったの」

「だって秘密って言わなかったでしょ」

「仲がよかったから話したのよ。まさか、まだわたしのこころが決まってないのに、その夜のうちに会の役員に話すなんて考えもしなかったわ」

わたしのこころはかなり傷ついていた。

「謝って」

「謝る必要はないわ。あたし悪くないわ」

「でも、暗黙のうちにここだけの話っていう空気があったでしょ」

「そんなこと知らないわ」

「謝ってくれればすべて水に流すわ」

「謝らないわ。悪くないもの」

話は平行線のまま消えた。わたしは会を辞めたが、Kとはたまに数人でデパートで食事をするときなどに会った。

人には「ごめんなさい」を言うことが、いかに抵抗があるかを知った。育児のとき小さい娘に「謝りなさい」と言うと、口をとがらせた幼児が「いや」と激しく言ったものである。人の心は変えられない。それでは自分の心を変えればいいと思うが、それも至難の業である。人の心を変えようと考えるのは、傲慢であるかもしれない。しかしわたしたちは、こんなことで人間の隠された一面を知っていく。

高齢の失明者のわたしは、だんだん友だちを欲しいと思わなくなってきたようだ。欲して失望して、また欲して失望して、そしてようやくあきらめて、心の中には細い糸が絡まっている。

福祉を学んだ人たちの中には、親切な思いやりのある人が多い。中にはともだちのような人もいる。最近は子どもに頼りたくなる自分がいる。困ったことである。

触覚でしか、ものの確認ができなくなった今、傍らに柔らかい温かい人間が欲しい。人間のあたたかさが暗闇のなかに光を見せてくれる。今、パソコンの文字も何もかも見えなくなったわたしには、優しい友がいる。わたしよりかなり若いひとだが、友だちと呼ばせてもらおう。

わたしの目にいくらか残っている彼女は背が高く、美しい人である。心根の優しいひと、Ｙ・Ｉという。彼女は勤めながら母親の介護もしている。そしてわたしのパソコン上の校正をいつも、いつでも引き受けてくれている。これはわたしの命綱の一本を、しっかり持っていてくれているようなものである。

わたしはなにもお返しができないことを心密かに残念に思っている。これはわたしに良くしてくれる人々みんなに持っている、わたしの感情だ。最近はそこに「まあ、いいか」という気持ちも少し加わっている。まあ、いいかというあいまいな人間らしい感情が許されなければ、全盲のわたしはリラックスして生きられない……。

六　ルコック探偵

十代のころ読んだ本でまた読みたいと思っている本があったが、いい加減に読んだもので、小説の名前がどうしても出てこなかった。それなのに、その本のことはわたしのこころの底に長い間そのままひっかかっていた。

それは表紙の取れた、薄いぺらぺらの紙でできた本であった。小型の本だが、厚みがあった。バラック建ての戦後の家にあったのだから、恐らく父が古本屋で買ってきて読んで、そのままにして置いたものであろう。母のいない散らかった家の中でそれを見つけ、真ん中あたりを無差別にわたしは読んだようだ。

約七十年前の記憶である。

――犯人がパリの裏町を縦横に逃げていた。犯人は、パリの街を熟知している男である。次の画面は、犯人が自宅の豪華な風呂へゆったり浸かり、してやったりと心の中で快哉を叫ぶところである。犯人は超上流社会の男である……。

今でも湯のゆらぎがわたしの頭の中に浮かんでくる。それはフランスの探偵小説『ルコック探偵』であった。いつかもう一度読みたいと思ったが本の題名が出てこなかったものである。

なぜそれを思いだしたかというと、最近わたしはむしゃくしゃして憂鬱であったから、楽しい本を聴きたいと思って『アルセーヌ・ルパン』をデイジー図書で十枚も借りて、現実世界を忘れよう、と昼も夜もくたくたになるまで聴いた。一枚は七、八時間から十時間の収録時間である。

わたしはルパンを聴いていて、ふと「ルコック」という名を思いだしたのである。わたしはすぐ、それがデイジー図書にあるかどうか探した。それは地方の図書館にひっそりとあった。むかしの恋人に逢ったような嬉しさだった。七十年ぶりで思いだしたこと、それが聴けることが心から嬉しかった。

人には理解できない密かな快感であった。朝風呂に浸かっているような満足であった……。

七　疑い

火事のときのことである。神戸の大震災より前のことであった。我が家は高台にあり、隣家と離れていた。

わたしは大勢の人の前に立って、我が家の燃えるのにひとり見入っていた。火は高く高く燃え、黒い夜空に手を伸ばしていた。わたしは、小学六年生のときから書き溜めた日記帳のことを思った、

「燃えてしまったろう」

結婚してからも書き続けていた。書き終えてしまった年の物は、奥の押し入れの天袋に置いてあった。哀惜が襲ってきて、胸が焦げるような気がした。

パチンパチンと物の弾ける音がした。弟から預かったピストルの弾を思いだした。それは厳重に包んで、タンスの引き出しの奥へしまって置いた。

処分に困っていたから、爆発したことに安堵した。ピストルの弾は猛火の中で痕跡をなくしたろう。ピストルの弾を交番に届ければ、うるさく聞かれるかもしれないと思っていた。

わたしの後ろの方で、わたしが前に立っているのを知らずに燃えている家のことを、噂している人たちがいた。わたしはよその家のことのように聞いていた。そう、燃えている家は、どこかよその家のようにも思われる。

さしもの火は落ち、我が家は柱と床だけが残っていた。見物人も消えていた。彼らは少しは楽しんだろうか。


夜気は寒さを増してきた。

家族が集まっていた。犬のジローが真ん中にいて、みんなに愛撫されていた。火事の現場にいたのはわたしと犬だけであった。

「おまえ、びっくりしただろう」

「無事でほんとうによかったね」

「小屋、燃えてしまったね。すぐ作ってあげるからね」

ピアノの焼け残りは無惨であった。中の金属部分が覗いていた。

真夜中近く、パトカーが来て警官が降りてきた。

「奥さん、もう少しお聞きしたいことがありますから、署まで来てください」

火事の発見から消防を呼ぶまで、そのあとのことも警察官や消防士に問われるままに何度説明しただろう。この上なにを聞きたいというのだろう。

わたしは荷物を娘に預けて、ひとりパトカーに乗った。心の中で言葉にもならないものが、影のように尾を引いていた。

〝深夜だ。夫が心配してついて来ないだろうか。〟

あとから言葉を補充すれば、そのようなことを漠然と思ったのではないかと思う。パトカーの中で、夫が事業に失敗をして負債を抱えていることを警察が調べて知っていることを、わたしは知った。口に出すことはないが、燃えている家は係争中の家であった。

パトカーの窓から眺めた暗い街は、こころに染み入る、重い夜景であった。

警察でまだ出火原因を探っているらしいことに、わたしはようやく気がついた。わたしは同じ質問をされ、同じことを答えていた。しばらくして、二階へ上がる足音がいくつかして、中学生がふたり捕まったことを知った。

刑事は、わたしのことを塵芥のように捨て、中学生に向かった。わたしは放火の犯人ですかとすぐに聞いた。いままで出火の原因をまったくわたしは考えなかったからである。中学生二人の火遊びが原因で、我が家は燃えたのだ。物置の傍でマッチを擦って遊んで、その火が古新聞に燃え移り、火が大きくなり、中学生は驚いて逃げた。深夜まで自宅へ帰らないで現場近くをうろつき、パトカーに保護された。その時点で彼らが大人に知らせれば、このような大ごとにならずに済んだのだ。

わたしは警察がわたしを疑っていることに、まったく気がつかなかった。自分自身が自分のことを知っていたから……。

夫は、警察がわたしを疑ってパトカーに乗せたことを想像し得たのではないかと、後日わたしは疑った。あるいはわたしが放火したかもしれないと、微かな疑いを持ったかもしれないと後日わたしは疑った。これよりも後日、彼は少しでも共犯に思われたくないため、素知らぬ態度を取ったのだろうかと、微かに疑った。

月が暗い夜空にとても大きく美しかった。明日から大寒である。

疑いは日常の激しい流れの中で沈み、かつ浮かび、流れてゆく……。

八　夫の言葉

夫があの世へ逝って十五年になる。唐突に夫の言葉を思い出すことがある。

若いとき、窓から夫の庭仕事を眺めていた。まだ子どもがいなかったときだと思う。

庭から入ってきて顔と手を洗ったあとで言った。

「東京の女は、窓から顔を出して人を指図する」

夫は津山の出身である。


「きみはおれの妻か。実家の人間か」

これは案外わたしのこころに響いていて、弟たちの世話をするのを控えたように思う。

いまではあんな言葉に影響されないで、もっと弟に寄り添えばよかったと後悔している。

「真知子ちゃん、爪をつんでくれ」

「え、ペンチかなにかで爪を抜くの」

「爪を切ることをつむって言うんだよ」

「へんな津山弁。爪をつむなんて。爪なんか切れないわ。自分でやって。その代わり耳の掃除をしてあげる。膝に頭を乗せて」

我が家では、子どもが生まれて成人するころまで、耳かきごっこは続いた。もっとも夫はわたしのは痛いといって、娘が大きくなると娘の膝に移っていった。

「きみは、よくそんなにものを知らないで生きていけるな」

議論の末にではなく、唐突に言われた言葉にわたしは失笑した。まことにわたしはものを知らない人間であるという思いは強い。

「きみは人間嫌いだ」

これには参った。わたしは何も言えなかったように思う。わたしの本質を突いているだろうか。わたしはいまのところ自己嫌いの人間のように思っているがわからない。

「きみは学歴コンプレックスがある」

いい年になったころ言われた。わたしはたしかにそれがある。隠していたつもりだが見破られたのかと思った。しかし夫は微妙な問題に深追いしない。姑は学歴偏重であった。

小学校の娘が、

「おばあちゃんは、久しぶりにあってもすぐ学校の成績を聞くから、嫌いよ」

と言っていた。

それでも五十年の長い夫婦生活の中で、わたしは夫に愛されていたように感じて、ある程度の満足を覚えている。子どもたちに大笑いされるかもしれないが、夫はわたしをキレイだと思っていたようで、口に出して言った男は、世界で唯一、夫だけであったろう。いや多分……。

激しいケンカは夫の仕事のことでの争いであった。こんなことがあった。もう夫婦二人の生活になっていた。朝起きて台所に行くと、大きな食卓の上に白い紙が置いてあった。夫の字で、太いマジックペンで〝昨夜は言い過ぎた。謝ります。ごめん〟そして夫の独特の名前のサインがしてあった。サインは戦国武将のサインを真似て夫が自分の独特の文字を作り出したもので、公私ともに使っていた。

わたしは夫の走り書きを読んでもぼんやりしていて、昨夜のケンカの原因を思い出せなかった。夫が何か酷いことを言ったのか、それも思い出さなかった。こころに刺さっている言葉がないのである。何かすぱっと抜けているようでもあった。夫は眠っているわたしをそのままにして仕事へ出かけた。わたしはその紙片を丁寧に畳み引き出しにしまったが、ケンカの内容をついに思い出すことはできなかった。不思議だった。わたしのこころは鈍重になってしまったのか。夫の言葉ではわたしのこころは傷つかなくなってしまったのか。からっぽになってしまったのか。
わたしたちの間で過ぎたことに戻ることもなかった。夫は前に向かって常に多忙であった。

わたしは夫の仕事を手伝ったことで、世の中の仕組みや人間を知り得たことを、よかったと思っている。平凡な主婦業で終わらなかったことに感謝したい。手形の集金で一人で九州まで日帰りで飛び、手形を割って従業員に給料を翌日には支払うという経営の綱渡りの経験も、今となってはわたしの貴重な体験であろう。わたしは、夫の取引相手の大手商社から訴えられたことがある。わたしは夫に頼らず、自分で解決しようと思った。四人の弁護士に会い、その一人を選んだ。

法廷に立って、裁判官や弁護士の質問に答えた。後日こちらの弁護士に、とても話し方がうまかった、ぼくが今まで扱った中で一番良かった、と若い弁護士にコーヒーを飲みながら褒めてもらったことは、思い出すと嬉しくなる。

裁判所のエレベーターの中で、相手側の弁護士に会って、

「ご主人は来ないのですか」

と聞かれて、わたしはなぜか懐かしい思いがふっと湧いてきて、話を始めようとした。相手にすぐ拒否され、こころの中で、ああ、敵なのだと思った。相手の冷たい視線が暫く忘れられなかった。

ちなみにこの十中八、九負けると言われた裁判にわたしは全面勝訴した。このことでわたしはいろいろなことに自信を持つようになった。裁判官の「ご主人と離婚しないのですか」という言葉も記憶に残った。

カラフルな風車が風に吹かれて回っている……。

九　曲り家

Hさんは、中年になったころ米沢に百年以上経った古い曲り家を買った。東京から夫婦で交代で利用していたようだ。

Hさんは、わたしより三つくらい年下である。優しい声とこころを持っていた。彼女は、非常に猫好きであった。捨て猫を拾ってきて、からだを洗ってやり、医者で避妊手術を自分の費用で受けさせた。そして知人たちの間に猫のもらい手を捜した。病気持ちや老猫は、手元に残った。Hさんは残った猫に名前を付け、慈しんだ。

曲り家は買値より修理費にかかった、と言った。トイレ・風呂・台所など、東京の暮らしと同じにした。薪ストーブは、心身ともに温まった。台所の床蓋をあげると、裏山から引いた冷たく清らかな水が貯まり、ビールが一ダース以上も冷やされていた。

わたしは、度々曲り家へ泊まりに行った。はじめは友人数人で行き、あとはひとりで新幹線に乗った。わたしは、あまりHさんの家庭内のことは知らない。話さなかったし、こちらも尋ねることもしなかった。十二畳の和室がいくつもあった。

冬の前には玄関に、昔馬小屋があったところにストーブ用の薪が束ねて、天上まで高く積み上げられてあった。Hさんは、東京から猫を八匹も連れて来ていたことがあった。猫は、昼間、自由に家のまわりで気ままに過ごし、夜は美味しいものを食べて、それぞれ気ままなところで目をつぶった。わたしは目が悪くなるころ行って、猫を踏みつぶしそうになった。

雪に囲まれた曲り家で、彼女は一冬を過ごしたことがあった。パソコンと酒と読書、あとはなにを友として雨戸のないこの明治時代のような家で過ごしたのであろうか。恐がりのわたしは彼女を尊敬した。ガラス戸にカーテンだけという長い廊下、外に街灯もない。恐ろしくて一晩もいられない。お化けが、強盗殺人犯が、空中を泳いでいる気がする。

あなたに手紙を書くつもりで毎日日記をつけたと、あとで聞いた。

六十代半ばになると、老いが背中に近づいてくる。

Hさんは、米沢の家を維持するのが難しくなってきた。

Hさんからメールがきた。

〝曲り家は、NPO法人に譲ることになりました。心のケアを志しているNPOで、カウンセラーや精神科医が休日はあそこの家にいて、病の方々と休日を過ごすのだそうです。このように有効利用していただけるのは、光栄としか言いようもありません。私たちにも一緒に活動してください、と頼まれました。私は役に立たない人間ですが、夫が山の植物の勉強会などで、お手伝いするようです。当分は莫大にある夫の本の整理に、何ヶ月もかかりそうです。それが終わったら貴女のところへ行きます。

近くを一緒に散歩いたしましょう。H〟

曲り家を手放したころが、Hさんの人生の転機のようだったようだ。老いの坂道は年月の流れが速い。わたしはふと足を止めて彼女を見た。わたしと約束した時間を忘れていた。別の友人Mとは病院へ付き添うことを約束したが、約束そのものを覚えがないと言った。

また人の悪口を言ったことがない人が、Mのことを意地の悪い人ですとメールで言ってきた。善意で理性でやさしさで知人をみていたのに、善意に雲がかかってくることもあるのだ。雲が流れていって、ほんとうの姿が現れたのだろうか。それが認知症のはじまりなのだろうか。

囲炉裏で米沢牛を焼き、ビールとワインでおしゃべりして、顔を真っ赤にした中年女たちの賑やかな笑顔、笑顔。Hさんが言っている、「いいウイスキーもあるけれど、飲む……」。

あるときHさんに電話すると、

「あたしのこと認知症になったって言う人がいるのよ」

と低い声で小さく笑った。こころに染み入る寂しい声だった。

わたしのこころは、細かく揺れた。まだ「認知症」の人がわたしの周りにいなかった。わたしは認知症の知識がなかった。

そして、それからわたしの身の周りには春の嵐のようなものが数年間吹いた。その間Hさんとはほとんど交流がなかった。

わたしはこの「曲り家」を書いて、彼女のことを考えていた。いや、Hさんをこころの底で思いだしたので「曲り家」を書いたのであろう。

曲り家を手放したとき、わたしは下手な詩らしきものをつくって、メールで彼女に贈ったことも思いだした。彼女はお粗末な詩に礼のメールをくれた。

わたしは躊躇（ためら）いを捨てて、電話した。懐かしい聞き覚えのある声が出た。明るく元気そうに聞こえた。わたしは勇気を出して話し始めた。Hさんはわたしをとてもよく覚えていた。声が聞こえて嬉しい、と言った。

「前のままの綺麗な声よ」

とも言った。小説を書いているか、書いていれば読みたいから送ってくれとも言った。思いの外、長話になった。Hさんはよくしゃべった。

最後に彼女は優しい声で言った、

「今の内なら行けると思うから、貴女のところへ行くわ」

「ええ、コロナが終わったら。目が良ければわたしが行くのに」

「大丈夫。先はわからないけど、今なら行けると思うわ」

Hさんは明るく答えた、

「嬉しいわ」

わたしはまだ自分が引っ越しをしたことを話していない。今、教えれば、

「待って、書く物捜すから。行くとき、お電話して行くわね。大丈夫よ。行けるから」
などと言って住所を書くだろう。しかしわたしは、新しい住所を教えたことでHさんが遠くへ行ってしまうような不安、こころがかき回されるような不安を覚えるだろう……。

十　きょうだい

子どものころ、四つ違いの次弟と、夜ふとんの中で歌をうたった。
幼稚な童謡で同じ歌を繰り返して、いつまでも大きな声であほのように歌っていた。
こういうとき姉の姿はない。
父はいつまでも帰ってこなかった。

末弟は、田舎の祖母が育てていた。祖母はちいさな寺の大黒であった。祖母が生きている内は、末弟は墓地で遊んだりして、元気な少年時代を送っていた。祖母が亡くなり、伯父は再婚して、末弟は東京に戻された。東京では、父はまだ母が生きていたが再婚しわった。

た。末弟は、再婚相手に喜ばれなかった。少年は大人に翻弄されながら、少年時代を終

十一時ごろわたしが眠りかけていると、姉から電話が入った。前置きがなく本題を言

う。ひとの都合は聞かない。

「真知子さんがいなかったら、Sは生まれていなかった。いろいろありがとう」

と神妙な声で言う。いつもの不明瞭な声ではなかった。わたしは切りかけていた電話の

手を止めた。

ぼんやりとした脳みそで、一瞬この人は死ぬのではないかと心配になった。昔のこと

を咄嗟に持ち出して、わたしは早口に言った、

「ああ、Sは最初の産婦人科でおできって言われて、良性か悪性かわからないのです

ぐ切りましょうって医者に言われたって、姉さんはわたしのところへ泣いて電話してき

たのよ。わたしは、切ってはいけない。もう一軒別の産婦人科へ行って診てもらって。

とにかく切ってはいけない。切れば子どもはダメになるからって言ったのよ」

姉は高齢でようやく子どもを授かった。

別の医者では、このまま胎児を育て、産みましょう。腫瘍も大きくなるけど子どもを産んだとき取って検査すると言った。赤子は無事に帝王切開で産まれた。その赤子がひとり息子のSである。腫瘍も癌ではなかった。姉は今では孫ふたりに恵まれ、有頂天になっている。眠たいわたしに姉はなおも言った、

「あのとき、麻酔から目が覚めたら、真知子さんの顔が覗いているの。その顔、一生忘れないわ」

姉の夫は、子どもが産まれる時刻に仕事をしていたようだ。

「わかった。あとは明日にしよう」

電話は切れた。明日も明後日も、姉から電話はかかってこない。わたしもかけない。姉のしゃべり方はもたもたで話を聞くのに努力がいる。しかし姉は認知症にはなっていないように思う。相変わらず自己中心なだけだ。しかしお人良しのところもある。中年のころ、グループに絵を教えていた。モデルの実費だけで、受講料は取らなかった。瀬戸内海の小島に住む姉の舅が、小学校の校長をしていて、退職後、島の子どもたちに習字を教えたが、月謝はとらなかった。舅がそのことを嫁の姉に手紙で言ってきた……。

わたしは、老後の生きがいに絵を描くよう、勧めていた。姉は、絵本を作るといって

いる。前にも一度作ったが、絵はともかく物語が今一つであった。
わたしは、一時、姉より長生きしたいと思ったことがあるが、いまでは先に死にたいと思う。見送る身はつらい。姉もよいところのある人であったと、このごろ思えるようになった。高齢になるまでの間に人生に戦いを挑んだ時期もあったのだ……。

（完）

満月ふたたび

プロローグ

音声時計が六時を知らせた。朝が来たが、明るさはやってこない。眼前に広がる暗闇を見つめた。昼も夜も同じ暗闇である。闇は、単純な黒一色ではない。奥ゆきのある混沌とした中に複雑な色が混在している、黒である。祈与（きよ）は、その黒でない黒の中で生きている。七十歳ころから見えなくなって、暗闇の世界に入った、高齢の中途失明者である。

祈与は、八十歳になったとき、こころの中で何かが脱皮したような気がした。それははっきり表現できないが、昆虫が脱皮したときのそれと似ているようである。

八十歳を記念して、ラジオ体操を始めた。倒れると怖いので、跳ばない、片足で立たない体操である。もう五年になる。ヘアダイをやめた。一年で頭全体が白髪になった。

「艶のある、きれいな白よ」

と言ってくれた人たちがいた。祈与は、十年以上自分の顔を見ていない。鏡をたたいて長い時間鏡を見つめていても、自分の顔は現れない。光の差さない底なし沼が広がっているように、静かで動きがない。古代人が鏡を見てどんなに驚いたことか、鏡が貴重なものであったかが想像できた。

祈与は想う。もし鏡の中の自分の顔が見えたら、それは醜い顔であろう。二十四時間暗闇の世界にいて、色や形が見えなくて、自分の目の前の自分の手足が見えなくて、自分のからだは叩いて知る、触覚だけが生きている、それらの苦痛が悟れない、あきらめきれない悲しみが、顔に表れて、自分の顔を醜くしているのではないか。何も見えないいまとなっては不要な目は、空間を泳いでいるのではないか。

最近、祈与の住んでいる高齢者用賃貸住宅の中で、友達ができた。同年配である。高齢になって友達はなかなかできないと思うが、こころを許せるひとのようである。彼女は語らないが、こころの底に癒えない悲しみ苦しみを持ったひとのようである。彼女は固く閉じた窓を、少しだけ祈与に開けて見せる。

祈与の部屋へきたとき、祈与が目の前にあるらしい物を取ってと言った。そのときふ

たりは立っていたが、彼女はすぐそれを取らないで、祈与の肩にそっと顔を伏せて、聞こえるか聞こえないくらいの声で言った、

「見えなくてかわいそう」

そして祈与が頼んだ品を素早く取って、祈与の胸に押しつけた。祈与は一瞬、彼女が泣いているのではないかと思った。ふたりに言葉はなかった。帰り際に友は言った、

「お手伝いすることあれば、いつでも来るから呼んでね。あたし機械に弱くてごめんね」

小さな頼りない声だったが、労りの笑顔が見えるようだった。祈与は、こころの中で彼女を抱いた。

祈与は、壁の電灯のスイッチを入れてみた。

「パチンパチン」

天井を見上げてそれらしい場所を見回したが、電灯がついたかどうかわからない。スイッチをいれてもいれなくても、祈与の目に映るのは絶望の暗闇であった。オカリナの澄んだ音色がどこからか聞こえる。中年のころ習ったが、ものにならずに諦めた。音楽は祈与の慰めである。むかし、次女の瑞穂（みずほ）と「こども音楽教室」へ通ったことがある。

瑞穂と一緒に楽譜に三重丸を先生に付けてもらって喜んだ。

今、分厚い現在があって、そこから過去がでてくる、そして未来へ繋ぐ。過去は長く、未来は短い……。

一　お月ちゃま

祈与が小学校へ上がる前に書いた詩である。幼児にとって他と比較ができなければ、そのとき見えるものが世界であろう。目について見えづらいという自覚が湧くのはいつからであろう。

画用紙の上半分の真ん中にクレヨンで、赤と黄色で太陽のような月が描かれていた。月のまわりは、やや乱暴に黒で塗りつぶしてある。下半分に、あちこちに向いた幼い文字が書かれていた。

お月ちゃま
あたしのおともだち
いつもなかよし

いつもあたしについてくる
あたしのことすきでわらってる
あたしもすき
あたしのあたまの上をあるいている
いつもあるいてる
あたしお月ちゃまみあげて
おくびがいたくなる
お月ちゃま
あたしとおてててつないであるいてちょうだい

画用紙の裏に、父方の祖母の字で、正田祈与六才と書かれていた。祖母は『今昔物語』など読んでいて、孫娘に語り聞かせていた。明治の人、祖父は国家公務員で、日比谷公園の設計に参加していたこともあったという。毛筆をよくした人で、床の間の掛け軸に自ら書いたものを掛けていたが、すでに亡くなっていた。

祈与の詩は母の愛に褒められた。だが目黒の家に置かれていたので、米軍の五月十日の東京大空襲の日、家ごと燃えてしまった。裏書きした祖母も、空襲で焼け死んだ。強度近視の祖母は、ひとりで火に追われ逃げまどったが、度の強い眼鏡を落としてしまったら、老婆は右も左もわからなくなって、逃げまどったことだろう。

ひとりで留守宅を守っていた祖母を、隣家の人が一緒に逃げましょうと声をかけたが「家と一緒に死にます」と言って、仏壇の前に正座して動かなかったという。敗戦後に隣家から聞いた話である。仏間に煙が迫ってきて、祖母は本能的に逃げたのであろう。祈与たちは、栃木県の母の実家の小さな寺へ疎開していた。祖母には、嫁の実家へ大勢で頼るのは耐え難かった。そのプライドが許さなかった。

父は釜石へ出張中であったが、急遽東京へ戻った。灰燼の中を、足を棒にして祖母の行方を捜し歩いたが、祖母を捜しだせなかった。無残に重なった死体の中からも見つけ出せなかった。川の中にもいなかった。

多摩墓地の墓には、祖母の戒名と焼け残った祖母の和服の黒い袖の切れ端が、たぶん祖母のそれとして納められていた。残った写真によると、祖母は、髷を結って黒の和服を着ていかめしい顔をした、明治の女であった。後になって、この祖母が、目の悪性遺伝子を持ったひとであろうと、祈与が想像するひとである。

墓地構内に、大きなイチョウの木があった。秋には、一枚一枚に死者の魂が宿っているように、黄色の葉を大きくふくらませた。その下を祈与の家族は揃って通った。父がこまめに動いて三脚を立て、家族揃った写真を撮った。

幼い祈与の写真が数枚、疎開先に残っていた。四角いたっぷりした乳母車に乗った祈与が、日傘をさして座っている。日傘の影から顔を半分のぞかせて、まぶしそうにしている。小さな口元と愛らしい豊かな頬を遠慮なくゆがめて、目を細めていた。目の細め方に、近眼らしいものはまだ見られない。別の一枚は、ひな壇の前に和服姿の祈与が正座して姿勢を正し、小さな唇を引き締めて取り澄ましていた。このひなたちも空襲で燃えた。桐の箱に一体ずつ収められて疎開を待っていたのに、間に合わずに燃えた。白い顔のひなたちは、苦痛で顔をゆがめたであろう。

そのころ一般家庭では珍しく貴重なものに、電気蓄音機があった。父は新しもの好きで、これを求めた。高さ百二十センチくらいの物で、父が円盤のクラシックのレコードを聴いていた。祈与は分厚い本を踏み台にして、蓄音機の中が覗けた。背伸びして顔を斜めにして、ようやく針をレコードの端に乗せることができた。レコードのみぞの端にこころを込めて熱心に針を載せる、これが幼い祈与の得意であった。姉の頼子(よりこ)ができないことが祈与にできた。

蓄音機は、疎開をすることができた。囲炉裏のある部屋の隅に肩身狭く置かれていたが、敗戦後、いつの間にか売られてしまった。

両親は戦争末期と戦後を生き抜くために、祈与の目について、祈与が小学校高学年になるまで、担任に眼鏡を作った方がよいと言われるまで、祈与の目に注意しなかった。

疎開先の小学校で算数の時間、九九を先生が黒板に書いて、生徒をさして答えを言わせた。祈与は差されて立ち上がったが、黙っていた。しばらくして先生が問題を読んだ。祈与は即座に答えた。男の子のだれかが「近眼だべ」と囁いた。

祈与はこのことをいつまでも覚えていて、なぜそのとき黒板の字が見えませんとすぐに素直に言わなかったのか、自分のこころに問うた。九九ができなかった訳ではない。黒板の白墨の字がなぜみえなかったのか、現実を直視して考えることができなかった。現実がわからなかった。

分教場の木造の校舎の窓から、遠くにぼんやりと畑が見渡せた。祈与は、畑に何が植わっているかも、さつまいもの花が何色かも、気がつかなかった。

学校から帰ると、ひとりで近所の家に遊びに行った。「お寺の子」とみんなが知っていた。「こんにちは」とあいさつするだけで、かまどの方や馬小屋に行けた。祈与は時々手のひらにたくわんの切れ端をもらって固くてしょっぱいたくわんを口にいれて歩いた。

姉の頼子は田舎を嫌った。村の子を汚くてばかだと言って、学校もいやいや通学していた。頼子の学年は、遠い本校まで行った。

祈与は、囲炉裏端に座る年寄りが好きであった。話をするのが好きであった。栃木弁は母や祖母から聞いていたので、わからないことはなかった。祈与が耳元へおおきな声で質問するのを、おばあさんはたどたどと答えてくれた。歯のない口を大きく開けて笑った。祈与はしなびたたくわんが口の中のどこにおいてあるのかと不思議に思って老婆を覗いた。

父が疎開先へたまに来るときは、絵本を買ってきてくれた。昔話にもよくおばあさんが出てきた。「舌切り雀」のように悪いおばあさんもいたが、たいていは優しかった。

裏の家には話のできない若者がいた。

「アーアー」と祈与に話しかけた。

彼は夕方畑から馬を引いて帰ると、薄暮の中、絵筆を握った。彼は逞しい肉体を持っていた。いつも覗いてみている祈与に、椿の花を描いてくれた。絵は非常にうまかった。いつの間にか彼と祈与は手ぶりを交えて話ができるようになった。名前を力男（りきお）と言ったが、それは紙に書いてもらって覚えた。

「り・き・お・さん」

と祈与が大きな声で叫ぶと、彼は本当に嬉しそうな顔をして白い歯を見せた。

祈与一家は、三学期の終わりに東京へ戻った。目黒の元の場所でなく、母の姉の住んでいる北区に住んだ。伯母は、地元の赤羽小学校で、長い間教師をしている。父は、伯父の紹介で、近くの役所に転職した。

祈与一家の住む家は棟上げまで大工が作ったが、あとは父と伯父たち素人大工で仕上げたバラック建てである。東京へ台風がきたとき父は役所から早く帰って、家の周りに板を打ち付けた。祈与は釘を打って手伝ったが、釘は曲がっていた。

そこで母は末弟を産んでから、体を弱くした。伯母があの子を産まなければ愛は病気にならなかったろう、と言ったのを祈与は陰で聞いていて、伯母を憎んだ。戦争で家が焼かれ、父が転職して貧しくなって食べ物を買うお金がなくなっていることを、祈与は知っていた。母は、肉や卵を自分の口へ入れなかった。栄養のある食べ物は、みんな子どもたちに与えていた。

祈与が小学五年生のとき、学校に新しい若い先生が赴任してきた。彼は背が高かった。そして高い朝礼台の上に乗って全校生徒に向かって、大きな声で吠えた。

「みんな、元気でがんばろう」

大勢の児童たちはクスクス笑った。無遠慮に、さざ波のように笑った。その子どもたちの服装は汚れてはいなかったが、洗いざらしのお下がりの子が多かった。膝に継ぎがあたっていた。祈与は新しい先生、佐々木がみんなにばかにされたようで、気の毒に思った。佐々木の声は、祈与のこころに温かく響いていた。佐々木はのちに次弟真一の担任になって、祈与は親しくなった。

学年末、通信簿に担任の先生から、眼鏡をつくるようにと注意が書いてあった。父は眼鏡店に祈与を連れて行った。出来上がった眼鏡は赤い縁に牛乳瓶の底のような分厚い渦を巻いたレンズがついていた。祈与は鏡を見て、自分の顔は醜いと思った。強い劣等感が少女の肉体に沈んだ。レンズをいくら厚くしても、視力がコンマ二しか出なかった……。

祈与の苦しみの始まりであった。もし度の強い眼鏡をかければ、コンマ八くらいの視力が出て、祈与は目について悩む人生を送らなくてすんだろう。矯正視力が出ないというこどに周囲が気がついて祈与を大きな病院へ連れて行ったら、という仮定の話はできない。

家事のことや猫のことで姉と喧嘩すると、姉は「あら、眼鏡」と叫んだ。

夏、祈与は高熱を出した。熱は三日間、下がらなかった。田舎から出てきていた母方の祖母、はまが、「知恵熱だべ」と言った。

熱は、四日目に嘘のように下がった。祈与はさなぎが脱皮するさまを思った。自分が美しい蝶になれるかどうか、ひらひら、ひらひらと蝶の舞う姿を空想した。そのようなときでさえ祈与は思った、「蝶は眼鏡をかけられるだろうか」「眼鏡をかけた蝶がいるだろうか」と。

六年生のとき、母は肺結核に罹り、医師から子どもに感染するから一緒に住んではいけないと言われた。母は我慢して病気を悪化させてしまったのである。あわただしく茨城県の鹿島療養所へ入った。別れの日は寒い日で、風に埃が舞っていた。地味な和服を着た母は、泣き顔を子どもたちに見せまいとして、悲しみを必死に堪えていた。しかし母が堪えれば堪えるほど、四人の子どもたちのこころに母の悲しみは伝わった。これから母の住むところは松林に囲まれ、夜は海鳴りが聞こえるところだという。そこで十年も我慢すれば、結核菌もなくなるだろうと、父は医者から密かに言われていた。父はそのことを自分ひとりの胸にしまったが十年という歳月は永遠に思われた。末弟の夏二(なつじ)は母の実家に預けられ、祖母が育てることになった。祈与一家は離散した。

夏二が田舎へ祖母に連れていかれる日、祈与は学校を休んで見送った。言葉がまだたどたどしくしかしゃべれない夏二は、はじめ汽車に乗ってははしゃいでいたが、汽車が動き出し、祈与がひとりホームに残ったとき、慌てて火が付いたように泣き出した。祈与も、だれもいなくなったホームでしゃくりあげて泣いた。いままでの悲しみが体の中に溜まっていた。それが噴出した。列車は遠くへ走り去って姿を消し、線路がかすかに振動していた。線路にタンポポが鮮やかな黄色を覗かせていた。

祈与は六年生を卒業した。「仰げば尊し」を一生懸命に歌った。母に聞かせるつもりで歌った。

二　真っ赤な夕日

祈与は中学生になった。度の強い眼鏡は、授業のときしかかけなかった。周りに、眼鏡をかけている子も目の悪そうな子もいなかった。目について、祈与は話し相手がいなかった。ただ近眼の子がいても、祈与は話し相手を求めなかったであろう。

だが傍にくればどの子がどの子か、祈与にはわかっていた。密かな涙ぐましい努力で、祈与の目は「ふつう」の世界にいられた。祈与は、目に関してまったく知識がなかったし、両親も同じようであった。いや、父は自分が強度近視であったから目の不便さはわかっていたが、新しい職場のことと衣食住ばかりに気を取られていた。

祈与は学校で黒板の字は一番前の席でも斜めの席でも見えなかったが、中学生の間は成績が上位から下がることはなかった。勉強勉強と騒いで家事に文句をいう姉に反感があって、家であまり勉強をしなかったが黒板を使わない授業の先生は気楽だった。

自宅で教科書を読むことで勉強をカバーしていたが、黒板に横に文字をチョークでコツコツ書く先生は苦手だった。どうして言葉で説明しないのだろう、話を耳で聞いて授業を受ければわかるのに、と思った。高校になると、黒板に文字を並べて説明する先生の教科は、わからないところが出てきた。祈与は、先生が黒板に文字を書きながらつぶやく言葉を聞き逃さないように、細心の注意を払った。

仲の良い友だちが授業中、小さな声で祈与に黒板の文字を読んでくれていたのが先生の耳に届き、

「声を出さないで写しなさい」

と叱られていた。そんなとき、祈与は「自分が黒板の字が見えないので、友達が読んでくれているのです」と言うことができなかった。そのような不正直な自分を、十分自覚していた。友は首をすくめたが、あとでノートを貸してくれた。だれも祈与の分厚いレンズを見て黒板の字が見えないと想像できなかった。

祈与の視力は〇・二くらいで、晴れの日、曇りの日、電灯の明暗、祈与の脳が記憶しているか否かで見え方にかなりの相違があった。〇・一から〇・二という視力は晴眼者の中にいられるぎりぎりの線であったようだ。この時点でもしきちんとした眼科医に連

れて行かれて適切な指導を受けていたら、祈与の人生は現実に歩いた人生とかなり違っていただろう。

祈与は強度近視だったのか、弱視だったのか。このころはまだ網膜色素変性症はわからなかったのか。

ただどちらがよかったか、というようなことは言えない。歩いてきた道を否定しても始まらない。受け入れて行くばかりであろう。祈与は自分の一番の悩みを人に語らなかった。

祈与は初潮を見た。だれも教えてくれる者はいなかったが、前に姉が母とこそこそ話していたのを思い出して動揺することはなかった。母に手紙を書いて知らせた。母の返事はすぐにきた。

「おめでとう。大人になったのですよ。お母さんがそばにいれば赤いご飯を工面して炊いたのですが、ごめんなさいね。

真一を頼みます。学校へ行って佐々木先生から真一の様子を聞いて、お母さんに知らせてくださいね。それから今度お父さんが来るとき、薄い袢纏を持ってきてくれるように言ってください。タンスの一番下に入っています」

祈与は、よく母に手紙を書いた。一時は毎日のように書いた。父が母のところへ見舞にいく回数が減ってくると、母は父への伝言を手紙で祈与に依頼した。父は終戦までは大手企業へ勤めていたが、母の病気などがあって、近くの北区役所へ伯父の世話で転職した。税金の方へ仕事と内容が変わると、帰宅が毎晩遅くなっていた。父のこころから、妻子のことが抜け出してきていた。心の中はそうでもなかったかもしれないが、帰宅して子どもたちと一緒に食事をすることがなくなっていった。真一は孤独な少年であった。

祈与は、母から頼まれて真一の「父兄会」へ行った。

一番後ろの隅の席で佐々木の話を聞いた。おばさんたちが、「偉いわね。おかあさんの代わりに来たの」などと珍しそうに聞くのがとても嫌であった。それからは祈与は、気ままに佐々木の教室を訪ねるようになった。佐々木は、そのような祈与を何も言わずに受け入れてくれた。佐々木は、自分の教室で何か勉強をしていることが多かった。司法試験の勉強だったが、祈与はまだ佐々木に興味を持たなかった。祈与は母の病気のこと、姉と性格が合わないことなど、なんでも佐々木に話した。黒板の字が見えないため数学に苦手意識があったので、佐々木に数学を教わった。そのことを母に手紙を書いて知らせた。

中学生のころ佐々木と道で偶然会った。

「どこへ行く」

「ちょっと」

「……映画へ行かないか」

誘われて映画を見に行ったことが二、三回あった。小さな街に映画館が三館あった。小さな場末の、という建物で、二階はなく売店も入ってなかった。だがテレビのない時代だったから、人々は娯楽を求めて集まっていた。

映画は、佐々木は勉強の気晴らしで、祈与は甘えられる兄に連れられて行くような気持ちであった。

夏休みの終わりに、真一が宿題に出された問題集がなくなったと言って泣き出したことがある。

「おねえちゃんが先生からもらってきてあげる」

祈与はひとり学校へ行ったが彼はいなかった。祈与は佐々木の下宿へ向かった。下宿は学校に近く、祈与はその場所がわかっていた。広い玄関で声をかけたが、だれも出てこなかった。ためらっていると、若い男の人が二階から降りてきた。佐々木の部屋を聞き、二階へあがった。階段は男臭かった。ここは男性専用の下宿らしいと、祈与は自然に理解した。

ノックをすると、ドアはすぐ開いた。四畳半一間で、片隅に勉強机があった。

「まあ、入れよ」

と佐々木は言った。祈与は狭い四畳半に机ひとつの部屋を見まわし、先生も〈ひとり〉なのではないかとふと感じた。窓から校庭が覗かれた。隅の足洗い場に手押しの井戸がついていたが、数年後には水道に代わった。問題集は学校にあるというので、一緒に取りに行った。問題集の代金を払おうとすると佐々木は受け取らなかったが、祈与は意固地になって渡そうとして、小さな押し問答をくりかえした。佐々木がみっともないよ、と囁いた。祈与は素直でない自分を漠然とこころに感じたが、そのときは深く考えなかった。また自覚していなかったが心の中に対立するものが棲んでいるようでもあった。

中学三年生のとき、祈与は隣のクラスの伊豆が好きになった。彼は遅刻すれすれに学校へ来た。真一を小学校へ送り出してから登校してくる祈与と下駄箱の処で、ふたりはよく会った。会話することはなかったが、ふたりは学級委員をしていたので委員会で会った。伊豆は、母親が病気で家で寝ていて、朝ごはんが遅いというような噂を、祈与は知っていた。母親が病気というだけで、祈与は伊豆に好感を持った。夏の運動会のフォークダンスのとき一周に二度、彼と巡りあった。彼が踊りながら祈与に近づいてくる時間は長く、近づいたとおもうと一瞬ですれ違って後方へ離れて行った。

伊豆はすらっとした少年で、面長の目の大きい白い顔は真一に似ている気がした。

卒業後、祈与は伊豆に手紙を書いた。はじめ彼からすぐ返事が来るかと思っていたが、来なかった。祈与は何通も書いた。作文の宿題を書いているような気分がどこかにあった。

家の郵便受けで、母の手紙と伊豆からの手紙を待った。なかなか返事の来ないことで祈与のこころは寂しく、憂鬱になっていった。佐々木に会って悩みを打ち明けた。佐々木は言った。

「きみも人を好きになる年ごろになったか」

祈与の丸みの帯びてきた白い顔を、佐々木は見つめた。手足が急に伸びてきていた。

春休みも終わりになるころ、夜になっても寒さが訪れない日があった。

夕陽は真っ赤に染まって落ちていった。

あたりの空気の中に、もわっとした不純物が混じっているような、生暖かい夜であった。伊豆が突然訪ねてきた。夕ご飯は終わっていた。玄関の中へ伊豆が入って来ないので、祈与は外へ出た。手紙をどうして書かなかったのか、それが聞きたかった。

伊豆は祈与を促して隣の空き地に入っていった。背丈の短い雑草が一面に生えていたが、足元は見えなかった。雑草の白い小さな花が隅に咲いていた。

向かい合って、「手紙」と祈与が言いかけたとき、突然伊豆が祈与を後ろへ倒した。彼は荒い息をして、祈与に馬乗りになってきた。スカートを捲し上げてショーツを脱がせようとした。祈与はびっくりして、その手を押さえ、引っかいた。力一杯伊豆のからだを突き離した。下駄が脱げた。伊豆は立ち上がって、荒い息の下で初めて声を出した。

「ごめんなさい」

小さなおびえたような声を出し、少年は振り切るように逃げていった。

祈与は茫然としてしばらく雑草の上に座っていた。慌てて下駄を両手でさがした。手がショーツの上にいくと、ぬるぬるとしたものに触った。それが何か、すぐに理解できなかったが、本能的に少年のからだから出たものとわかった。

あの涼しげな顔の少年の体の中に、あのようなべたついた液体が貯蔵されているのであろうか。祈与にはまだ謎であった。

立ち上がった祈与は、家を黙って出てきてしまって真一が心配していることを思いだした。ごめんね、真一に顔を背けて家に入った。真一に暗い顔を見せてはいけない。祈与のこころの深い深いところに、悲しみと怒りが沈んでいった。

三　結婚まで

高校生になる前から、祈与は姉と一週間交代で夕食の支度をしていた。

「祈与は遊んでばかりいて何にもしないでずるい」

という姉の言葉がきっかけだった。祈与は、母のいるとき食事の支度を手伝ったこともなく関心がなかったので、戸惑った。二つ上の姉は、母に教わっていてそれなりのものができたが、祈与に教えようとしなかったし、祈与も尋ねなかった。祈与は常に家族のことを心配していたが、姉はいつも自分のことばかり言っているように思えて、反感を持っていた。口には出さなかったが、「姉は目がいいのに。何かできても当たり前」というこころが隠されてあった。

姉には目に見えない血のつながりというようなもの、目に見えない温かいものを感じ取ることができなかった。猫を膝にのせて体中をいじくりまわして愛撫して喜ばせ、猫に愛着を感じるのに、姉との間にはそのようなこともなかった。それが後年になって、祈与の子どもが生まれてから姉が幼い姪たちを可愛がるようになってから、事情は少し変わった。

祈与は、学校から帰ると買い物かごを持って魚屋へ行き、店頭に並んでいる魚を一山買った。それから八百屋へ行き、季節によってトマトやキュウリ、大根、ホーレン草などを買った。祈与の頭の中に、小学校で習った「六大栄養素評」があった。それを参考にして買い物をした。基本は蛋白質と生野菜、味噌汁であった。

魚はまな板の上で頭をぶつぶつ切ってはらわたをだして、はじめのころは網で焼いたが、そのうち面倒になって、フライパンに油を敷いて魚を並べた。八百屋で一山いくらのトマトが並んでいたのでどれがいいか迷っていると、八百屋のおばさんが言った。

「ねえちゃん、これがいいよ」

祈与は、一山の後ろの方は見えなかった。おばさんの言ったトマトを買った。家でよく見ると傷んだトマトが隠されていた。祈与は、傷んだトマトを口にねじ込まれたような不快感を感じた。大人への信頼感と不信感が、鍋の底でぐつぐつと煮えていた。

毎朝笛を鳴らして、豆腐屋さんが来た。路地に納豆売りがきた。夏は自転車を押してアイスキャンデイ売りが来たが、急いで呼び止めないとすぐ行ってしまった。アイスはみんな棒が付いたものだった。

父は仕事で帰りが遅くなり、子どもたちだけで食事をするのが当たり前になっていった。そのような中で、父と姉の頼子が口喧嘩を度々していた。そばで聞いていると、頼子が高校生になってから小遣いを使いすぎるというのだ。姉はいちいち反論をしていた。定期代、友だちとお出かけなどで、お金が要った。姉は、目黒の空襲で焼けた家の跡も見に行っていた。そこは、姉にとって戦後戻りたい、なつかしい場所だった。頼子は、北区のこの場所より目黒の武蔵小山というところに思い出があった。しかし妹の祈与に自分の気持ちを話すことはなかった。

人は過ぎたことを話し合うことで、過去が今に近づいてくる。長い年月知りあったことになる。だが姉妹は肉親の照れか甘えか、仲良く話し合うことがなかった。わずかな時間、食事のときでも……。それを頼子はなんとも思っていないようであった。祈与は姉にとって生意気で、自分の味方になってくれる妹ではなかった。いつも姉に反対する憎らしい妹であった。真一は、猫を相手に黙っている少年であった。猫一匹を挟んで姉と妹弟は対立した。頼子は、兄妹喧嘩のとき猫をいじめた。外へ放り投げて戸を閉めた。

また遠くへ猫を捨てにいったりしたが、猫は頼子より賢く、すぐ戻ってきた。

「お前は、お姉ちゃんより利口だねえ」

と祈与は大げさに言った。真一はにこにこして猫を抱いた。

父は真一の顔を見れば勉強しろと言った。

「学問は人間を平等に扱う。貧乏人は学問をしなくては上にいけない」

学問をしない祈与は、その言葉で空気のような劣等感を抱いた。夏休み、父は金沢八景の海の近くに住んでいる妹の家に、真一を預けた。毎日海に入り、体を鍛えさせた。真一は父の言うことに黙って従っていた。伯母の家ではいつもおいしいものが食べられたが、こころの底にある母の居場所からは遠のいていった感じを、じっとこらえていた。ひと目、母の愛に逢いたかったが、口に出せなかった。真一は孤独だった。大きな目にいつも寂しい影が泳いでいた。

頼子だけは、中学も高校も地元のところへ行かなかった。自分の希望を通すことで姉は精一杯の自己主張をした。手助けしてくれる母がいないことは弟妹と同じであった。

祈与には、姉と同じ学校へ行く気持ちは湧かなかった。祈与は高校を選ぶとき、交通費のかからないところを選んだ。学校は近くて、徒歩で行けた。真一の世話ができた。

家に長くいられて、母から頼まれた用事もできた。しかしその学校は、レベルが低かった。

祈与は、自分もレベルの低い同じ穴の中にいて、抜け出せないのを感じた。一番嫌なことは、自分がレベルが低いなどと思ったりすること、こだわりを捨てられない自分が嫌であった。有名校だとか、勉強ができることとか、レベルが低いとかは、言いたくなかった。本当はそのように思う自分が嫌であった。表立って意識しないように気をつけていたが、こころの底に目のことがあった。

「目が悪くては勉強はできまい」

と父が伯父に話していたのを、祈与は小耳にはさんでいた。最近、父も近視が強く仕事上で不便しているらしいことに、祈与は気がついた。父もまた目のことでは密かに悩んでいるのだ。その不便さがわかっているから、祈与に望みをかけないのだ。

高校生になって母のいる療養所へ見舞いに行くことを、祈与は許された。祈与は、夏休みになるのを待ちかねていた。母は、昵懇になった看護婦の家に祈与を一泊させるように手はずを整えて、祈与を待った。看護婦の家は、療養所から五分のところにあった。母のいる鹿島療養所までは家から片道、約四時間かかった。最寄りの赤羽駅から東京駅、乗り換えて成田行き、また銚子行きに乗り換える。井原という駅で降りた。小さいさびしげな駅であった。遠いところであった。祈与は、近眼の目であたりを見回した。

祈与は、久しぶりに母に会える嬉しさで、元気な顔をして療養所の入り口へ立った。

母の病室は、玄関から奥の方へ長い廊下をいくつか曲がったところにあった。同室には若い娘がいたが、二か月前に血をたくさん吐いて苦しんで息を引き取ったということである。母は泣きながらその話をしたが、祈与に逢えた喜びで、涙はすぐに消えた。娘は紅子(べにこ)さんという名前で、戦争で孤児になり、親戚を転々とさすらって、安住の地を得ることができなかったということだった。娘は、骨と皮ばかりになって、鹿島療養所へ流れ尽き、死んでいったのだ。

窓の大きく開いた病室で、母はベッドの上に正座して祈与を待っていた。開け放した入り口に立った祈与を見たとき、母は、飛んで行って祈与を抱きしめたかったが、体力がなかった。母は体の衰えを祈与に隠した。

戸口に立った祈与は、背丈が伸び、頬もふくよかで、いかにも娘らしく、健康そうであった。祈与は、目を細めて母を笑顔でじっと見た。ベッドが空いている訳を泣きながら一気に話し終えた母は、祈与を入り口の腰かけに掛けさせた。そばで顔を近づけて話がしたかったが、万一結核菌を移してはいけない。

まず真一の話、佐々木先生の話をした。夏休みが始まってすぐ、祈与は、田舎の夏二に会いに行った。祖母は、旧盆とお地蔵さまが過ぎたら上京すると行っていた。夏二は、栃木弁の田舎の子になっていた。父が毎晩帰りが遅いこと、酒を飲んでいること、頼子は相変わらずマイペースであること、猫のこと、夜は蚊の出ること、しかし蚊帳を釣るのは大変なこと、毎日の食べ物のこと、毎週日曜日にタライと洗濯板を使ってしている洗濯の話など、母はなんでも知りたがった。聞きたがった。

母と娘は何時間も話をした。

病人の早い夕食の時間が、すぐにきた。母は祈与に食欲のあるところをみせたかった。母が夕食が終わってしばらくして、看護婦が祈与を迎えにきた。

看護婦の家は二間長屋の寮であった。夜は、海鳴りがかぶさるように聞こえた。しかし疲れていた祈与は熟睡した。食事は、粗末な物しか食べていない祈与には、ご馳走であった。朝食のとき生卵が二個出たのが、印象に残った。真一に食べさせたいと思った。

翌朝早く起きて、鹿島灘の海を見に行った。浜辺はだれもいなかった。波の音は高く、空もまた吸い込まれそうに高く、地球の広さを感じさせた。

祈与は、息を思いきり吸った。全身が、無限なものに吸い込まれそうだった。両親や弟たちのこと、佐々木や伊豆のことなど、考えないのに愛する人々が次々に出てきて、ぐるぐる脳裏を回った。

伊豆のことはあんなことがあったので、それっきりにした。初恋というものが見事に汚れ、傷ついてこころに残っていた。だが、佐々木の方が好きなのではないかと、ふと思った。母は、祈与の海からの帰りを待ちわびていた。昼になったらもう祈与は帰らなくてはならない。母は急に無口になった。

「佐々木先生は、まだお嫁さんをもらわないのかね」

と独り言を言った。祈与は、佐々木が司法の受験勉強をしていることを黙っていた。合格すれば佐々木は遠い世界に行ってしまう。真一のことを相談することもできなくなるだろう。体を壊すほど勉強している。合格するだろう。佐々木は、冬に肺炎になったこともあった。

「また、来ます」

という祈与の姿を、母の目は捉えて離さなかった。母の結核菌は頑迷だった。

秋の遠足で、鎌倉へ行った。大仏の前で、学年の集合写真を撮った。そしてすぐ解散と祈与は思って、その場を離れた。ところが級友のだれもが追ってこない。振り返って少し戻ってみたが、大仏の前に並んでいる生徒たちが同じ学校の者か、祈与にはわからなかった。

だれも声をかけてくれなかった。先生の呼び声もない。みんなはたぶん、祈与が知った顔が見分けられなくて、にぶい動作で周りをごまかして、こころの中ではものすごく慌てて、どこへ足を向けて歩いていいかわからないで困っていることにだれも気がつかない。祈与はだれもいない方向へ歩いて行った。目的があるように、落ち着いて。

この話を中途失明者に話をしたら、すぐ理解してくれるだろう。祈与は、自分の目の状態をうまく話すことはできなかったし、人は人に無関心であった。祈与はまず大声で、担任の名前を叫べばよかった。友だちの名を二、三呼べばよかった。

「どこにいるの。わたしの傍にきて。わたしはあなたが見えません。わかりません。助けて。助けて」

だが祈与はそうしなかった。遠足でこんなことが二、三回あって、祈与のこころに錐が刺さった。

祈与はひとりで所在地を調べて、文京区の盲学校を訪ねた。夕方だったせいか、学校の建物は暗く、静かであった。生徒たちは、寮生ではなくみんな通学のためか、気配はなかった。

応対に、ひとりの中年の教師が出てきた。祈与は、具体的な考えを持っていなかったので、相談内容があいまいだった。教師は、高校卒業後盲学校の大学へ入る道を支持してくれたが、祈与はあいまいに、辞した。

帰路も、行きと同じように打ち沈んでいた。帰りの混みだした電車の中で、迷いが深まっていた。ひとりつり革に摑まって、身を支えていた。

祈与は、東大病院の眼科を受診した。視力がもう少しでないか、と考えた。医者は「斜視だな」と言った。いままでそのようなことを人に言われたことがなかった。

医者は、片方の目の筋肉を引っ張るだけの簡単な手術で日帰りでできると言った。祈与はだれにも相談しないで、ひとりで学校を休んで手術を受けた。悲しくて、涙が流れ出て止まらなかった。手術が痛かったわけでもない。視力が少しでもよくなったわけでもない。涙は体内にいくらでもあるのだ。尽きることがない。祈与は、このような手術を受けてもなんにもならないことがわかっていた。その涙であった。

夜、満月を見た。

このころの祈与は、盲学校訪問も手術も他のことも、だれにも相談しなかった。みんなひとりで考え、ひとりで決め、ひとりで動いた。そしてひとりで泣いた。

父は帰宅が深夜になり母の病気は重くなっていた。佐々木に会ったとき、伊豆のことを聞かれた。祈与は佐々木が伊豆のことを覚えていたのを意外に思った。

「過ぎてしまった。忘れていた。なんでもなかったの」

祈与のこころは少し狼狽して答えた。佐々木は言った、

「いいんだね、そのひとのことは」

「はい」

佐々木のまじめさを、祈与はありがたく思った。

そして佐々木は司法修習生となって、岡山へ去った。

去る前に、ふたりは大宮公園に行った。人々はまばらだった。佐々木は言った、

「これから先のことだが、ぼくはきみを信じている。ぼくの知り合いの中でだれよりもだ」

また追加して言った。

「いまはこれしか言えない」と言葉をくぎってから、「いいね」と追加した。

祈与は佐々木の言葉を信じた。いや信じなかった。大人の彼をどうして信じられるだろうか。信じるということは愛するということだろうか。言葉にあいまいさを残した彼を信じることはできない。未成年で高校生であり、元教え子の祈与に、そこまでしか言えなかったのであろうか。と言って、全く何も言わないで別れるのはどうであったか。

祈与は、年月が人を変えることをもう漠然と知っていた。


上田美佐子は、中学・高校と親友だった。彼女は、背が高く丸顔で色が白く、きれいな人だった。美佐子の母親と買い物のときなど会ったが、美佐子母娘はとても似ていた。家が近かったので、互いに親しく行き来していた。

夏休み、美佐子は祈与の夕飯の買い物に付き合った。まだ暗くならない空に、早い満月が出ていた。美佐子は宇宙の話を始めた。

「月へ行ってみたいわ」

と夢みるように言った。そして、
父親が旧弊で、

「女に学問はいらない。高校を出たら早く就職して、家事見習いをしなさい」

などと言っているので、仕方がないからこの高校へ入ったと打ち明け話をした。そして祈与に、

「早稲田の夜学を一緒に受けないか」

と言った。早稲田は、夜学と昼間と区別がそんなにないらしい。美佐子の母が、父に内緒で入学金など出してくれると言った。祈与は、病気の母にそんなことはできないと、すぐに思った。肺結核の母にへそくりなど、ゆめのような話だ。現に、保険のきかない新薬のお金に困って、伯母に借りに行った。母が伯母に手紙を書いて頼んだが、足を運んだ祈与に、伯母はいい顔をしなかった。祈与は、

「すみません」

とつぶやいて、裕福な伯母の家をでて借りた金を現金書留で病院の母に送った。伯母の冷たさはなんだろう。祈与が、それをありがたがって押し頂いて受けとらなかったからであろうか。母も祈与も貸してくださいというが、実際にはいつ返却できるかわからない。母は、新薬を一日でも早く手にいれて飲みたい、その考えでいっぱいであった。母は死に近いところにいるのだ。祈与の借金をする態度が横柄に感じるのだろうか。伯母の家には、祈与と同年の従妹がいた。有名なお金のかかる私立校へ行っていた。伯母と

従妹は、金のかかることを得意そうに話した。貧しい身内に会うと、ことさら自慢したくなるのだろうか。従妹は、祈与の母の病気に無関心であった。祈与は、母が亡くなって、この伯母が高齢になって、ひとりで栃木のお寺に行けなくなってから、何度か列車に乗って田舎のお寺に連れていったことがある。伯母から頼まれてのことだった。

祈与は、高校へ入って奨学金制度のことを知り、担任の先生に申し込んだ。中学の成績が使われたので、すんなり通った。担任は、大学へ進んで教師になれば、大学も奨学金がもらえるしお金も返さないですむと祈与に教えてくれたが、祈与はこれにも返事をしなかった。

〈この目で、大勢の学生たちに交じって、ものを見ることができるだろうか〉祈与のこころは目のことを考えると幾重にもひがんだ。

美佐子は早稲田へ通い、新しい生活を楽しみはじめた。大学の演劇部に入って主演した。そのとき祈与に、舞台で着るスカートを借りにきた。赤い八枚はぎのスカートで、祈与は自分のスカートを早稲田の講堂の舞台の上で見た。美佐子と赤いスカートが躍動していた。美佐子の結婚式に出たころを最後に、美佐子との往来はなくなっていった。

後年になって、それぞれほぼ子育てが終わったころふたりは逢った。美佐子は言った。

「あのころの貴女は泣いてばかりいた。どうかなってしまうのではないかと心配だった。ほんとうによく泣いた」

美佐子は静かな声で祈与を見つめていった。

「それで、今は、もう終わったの」

祈与は微笑をみせたがなにも、言わなかった。三十年前のことを覚えていて、尋ねてくる友に改めて友情を感じた。友情が失われていないことにこころの底から喜びを感じた。

美佐子は、鎌倉に和食の店を開いていた。祈与はときどき美佐子に会いに行った。店で大量に昼の弁当の注文を受けたときなど、美佐子は準備のため前夜板前や従業員たちと深夜まで働いた。昼間は鎌倉在住の人たちを募って「源氏物語を読む会」のグループを主催した。

「美佐子、あなたはお店をやりたかったの」

祈与が聞くと、

「お店のお客さんをモデルに小説を書きたかったのだけど、文才がないことが分かって諦めた」

とさばさばと言った。

ナントカ賞を取った若い作家を、鎌倉の自宅へ一時下宿させたことがあった。彼はそこそこ名が知れる作家になった。祈与が三十歳のころ小さなパンフレットのような詩集を出したことがあった。それを読んだ美佐子が電話をかけてきた。

「このまま終わらせては惜しいから、いい先生を紹介したい」

祈与は返事をしなかった。美佐子の好意をそのまま放置した。祈与は、図書館で借りたボードレールやハイネなど、好きなところを繰り返して読むだけだった。詩集は、日記帳の片隅に書いた詩を取り出して集めたものだった。専門家に読んでもらうことなどこころが赤く染まりそうである。詩集の名は『妥協の産物』といった。

美佐子は胃癌で、六十五歳で亡くなった。一月三十日にきた彼女からの年賀状に「北海道で温泉に入りゆっくりしてきました。これからは仕事だけの生活をやめます」とあった。祈与はなんとなく〈よかった〉と思ったのだが、美佐子の休養宣言は遅すぎたのである。別々の仕事に精を出していた夫君は、その半年後に後を追った。半年であの世で会うのだから夫婦は仲がよかったのだろう、と祈与は思った。ひとりこころの友が失われた。

祈与は佐々木が司法修習生として岡山へ去ったあと、毎夜、泣きあかした。そばにいてこころが波打ったとき、いつでも受け入れてくれた佐々木が去った。佐々木は、祈与が将来失明するのではないかとこころの底の不安を訴えることのできる、唯一の人であった。去られてから祈与は、佐々木の存在の大きさを知った。しかし将来失明するかもしれない自分を伴侶として選ぶだろうか。否、否、否である。

たぶんそのころを生き抜けたのは、母と弟真一が生きていたからと言えよう。悲しみは様々に形を変えて、祈与の胸に長く生き続ける。苦しいが、どこかに甘さもあった。

夏休みはひとり家にいて、庭先に小さな花壇を作った。板に白いペンキを塗って、洒落た囲いも作った。真っ赤なカンナが見事に咲いた。足元に松葉ボタン、鳳仙花やほおずきを植えた。ユリ、背の高い黄色なひまわり。鳳仙花は、赤・ピンク・白など穏やかな色を咲かせて、やがて弾けた。ほおずきは中身ごと紅に色づいた。祈与は根気よく揉んで種を出し、口に含んでぎゅうぎゅう鳴らした。疎開のとき、田舎で祖母が夜に外でほおずきを鳴らすと、カエルと間違えて蛇がでてくると言っていた。祖母は大の蛇嫌いであった。寺の屋根裏に潜んでいる蛇を見つけると、殺した。怖いので殺すという。

高校を卒業し、就職した。父は、祈与が目が悪くては普通の就職ができないと思って、祈与に美容師になることを勧めた。どこかで相談してきたようで、将来店を持てば一日三人の来客があれば店はやっていけるそうだと、話した。しかし祈与は普通の会社に就職した。祈与のこころの中では、父に一銭の負担もかけたくなかった。

そのころふたりの友が一年の間に自殺未遂を起こした。ひとりは失恋で、彼女は夢中になっていたが、相手は上司の娘と結婚した。祈与は、小説の中でしか男女の肉体的な結び付きを、まだ知らなかった。もうひとりの友は引き揚げ者で、母子家庭、その母は住み込みで働いていた。近くに住んでいる兄が実父だったと、あとでわかった。長い引き揚げ生活の中で、複雑な家庭が出来上がっていた。ふたりとも苦しい中から蘇生したとき、祈与の名を呼んだ。電報がきたのか覚えていないが、いずれにしても知らせを受けて飛んで行った。帰りは最終電車で、淋しいホームからひとり帰宅した。ひとりの母は、親より先に祈与さんの名を呼んだと、祈与の手を取って泣いた。ふたりの友の悲しみは、祈与のこころを暗くするのに充分であった。

祈与のこころの間隙を縫うように祈与を好ましく思う青年が現れた。名を大津渡（わたる）といった。

四　大津　渡

やや頑固で変わり者の要素を持つ渡(わたる)が、祈与になぜ恋をしたのかは、わからない。恋という自覚は、渡にはなかった。恋という言葉が、渡の頭の中にはなかった。それは気恥ずかしい言葉であった。渡はそのような青年であった。ひとりの若い娘のことがいつも頭から抜けだせない、そのような状態になった。それは渡には生涯で一度の経験であり、不可解なことでもあった。

実家は、岡山県の津山というところにあった。六人兄弟の長男で、高校卒業後、東京の大学へ出ていた。その弟妹も、同じように渡を頼って上京していた。伯父一家が、東京の上中里に住んでいた。ひとり暮らしの渡は上中里へよく出かけて、夕食をご馳走になった。一家は快く渡の話を聞いてくれた。

「はじめ、通勤の途中で気がついた。ちょっと変わった印象を受ける娘で、注意しているとよく会う。ぼくはなんとなく気になって、偶然に会わないときは同じ道を何度も歩いて、会うようにした。ぐるぐる道をまわったよ」

大盛飯を口に入れながらの告白に、伯父一家は渡を囲んで、笑いながら聞いた。

「ところが娘はぼくに気がつかない。彼女は背が高く、まあまあの顔で、目を細めて遠くを見て夢心地で歩いているんだ。ぼーとしていて、ぼくを見ているかどこを見ているかわからない。ぼくよりだいぶ年下だろう」

残業が続いて渡はしばらく姿を見せなかった。伯父たちは不器用な渡の話がどうなったかと気になっていた。ある夜、遅く慌ただしくやってきた。

「思い切って挨拶した。ぼくは名前を名乗ったが、相手はおはようございますと言っただけだ。近くで見ると色が白くて、感じの良い顔をしていた。近眼かもしれない。名前をどうやって聞いたらいいだろう」

渡は、相手の純真そうな顔を胸に浮かべてつぶやいた。

「不良に思われたら困る」

祈与は、電車に乗り遅れないように急いでいた。すると足元に茶封筒が落ちてきた。

ハイヒールで踏みそうになって慌てて足を止めた。見知らぬ青年がすみませんと立っていた。祈与は拾って電車に急いだ。翌日同じようなところにあの青年がいた。祈与の目には、初めての人の顔は見分けられなかったのだが、勘でわかった。

青年は早口で言った、

「ぼく、映画の招待券をもらったのですけど」

彼は背広のポケットに手を入れ慌てて言った、

「しまった。すみません。忘れてきた」

翌日、祈与は招待券をもらって待合場所を聞いた。ためらいながらも承知したのは、青年の昨日の慌てぶりを思い出して、それがわざとではないことがわかっていたのと、間近に見る彼が何とかという今売り出しの俳優の顔に似ていたためか、その辺のことはわからない。

当日、映画館の前で、招待券の期日が二日前に切れているのがわかった。それほど見たい映画でなかったので、誘われて喫茶店に入った。盛んに謝る彼に、怒る気はなかった。なんとなくおかしかった。クスクス笑った。祈与の顔から薄雲が取れた。渡は、その顔を間近に見て、きれいだと思った。

渡と会っているとき、祈与の顔から薄雲が消えるようになった。

ふたりは日曜日に高尾山へ遊びに行った。それからのふたりは、近郊の低い山へたびたびハイキングに行くようになったが、祈与は、真一が友だちと遊びに出ないで家にいるようなので、気になっていた。真一は受験勉強を始めたが、少年期を脱して憂鬱な青年期に入ろうとしていた。無言で暗い顔をしている真一のことは、いつも祈与のこころの底にあった。あるとき祈与は珍しく言った。

「今度お弁当を作って持ってくるわ。洋食と和食とどちらがいい？」

和食を希望した渡が青空の下で経木を開けると、中から大きなおにぎりがでてきた。さすがの渡も内心驚いたが、そのときはおいしいと食べた。数年後に、あかんぼうの頭くらいの大きなおにぎりが出てきたと、何度も笑って言った。中身はたくわんと梅干で、祈与は真一にも同じものを作って置いてあった。

結婚を申し込んだ渡には、難関があった。

「子どもに目の悪いのが遺伝したら困るから、わたしは結婚をしない」

と祈与が宣言したのである。渡は懸命に説得した。

「ぼくは目がいい。両親も兄妹もいい。津山のばあさまたちも、家系に目の悪い人はいないのだ。だからぼくたちの子どもは大丈夫だよ」

祈与のこころの中には、眼鏡をかけた自分の顔は醜いという考えが固定していた。だが渡は、眼鏡をかけた人になんの偏見も持っていないのが、祈与にわかった。

渡は能弁だった。

「君のお父さんは近眼らしいけど、お母さんはいいのでしょう。兄妹四人のうち悪いのは君ひとりでしょう」

このころ祈与は、医師に〈強度近視〉と言われていたが、〈網膜色素変性症〉と言われたことはなかった。六十五歳になるまで、その病名さえ知らなかった。

日曜日、空に雲ひとつない日だったが、渡に連れられてやや大きな眼鏡店に行った。そのころは眼鏡におしゃれな要素が出てきていた。今の祈与が持っている眼鏡も、小学生のとき父から買ってもらった物と違って、ふちの色はオレンジで、レンズもそれほど厚みがなかった。

渡は言った。

「眼鏡は顔の真ん中にかけるのだもの、洋服や靴よりおしゃれに気をつかわなくちゃ」

彼は鏡の前に祈与を腰掛けさせた。店内は澄んで、明るかった。恥ずかしい気持ちで、祈与は鏡をちらちらみた。鏡はきれいに磨かれていて、祈与のこころの中まで写すようだった。

渡はひとりで店内のあちこち回り、眼鏡の枠をたくさん持ってきた。こんなに持ってきていいのだろうかと祈与は内心心配したが、渡は平気だった。どれが似合うか、レンズのない枠を次々にかけた。店員も寄ってきて意見を言った。祈与をレンズ売り場へ連れて行った。レンズの技術は進歩していて、レンズは薄くなり、好みの色がつけられた。その明るい雰囲気に、祈与のこころからは暗雲が徐々に消えていくようだった。

渡は祈与の小さな頷きを見ながら、その場で眼鏡を注文し、ポケットの中から丸出しの紙幣を出して、手付金として店員に渡した。祈与は、内心この人はお金持ちなのかしらと思ったが、黙っていた。店内の塵ひとつも見落とさない照明の下で、祈与には〇・三に近い〇・二が見えた。店舗の外ではこの明るさは得られない。レンズをいろいろ組み合わせてみたが、これ以上の視力を出すのは祈与の目では無理だった。

渡は安サラリーマンだった。津山の小さな旅館の長男に生まれ、少年期は金と愛情をたっぷりかけられて育った。幼いころからだが弱かったので、牛乳を入れた風呂を沸かして入れられたという。戦争末期と敗戦で客が来なくなり、旅館は倒産した。渡が大学の二年になったころ家からの送金が途絶えだした。

まだ安い回転寿司などというものができていない時代であった。渡は寿司好きな祈与にさりげなく寿司を食べさせた。帰宅すると鶏のもつなど煮て食べていた。安くて栄養がありおいしいと、祈与は後日聞いた。鶏もつの中には、大きな黄身のあとにきちんと行列を作って、終わりは一ミリくらいの卵が並んでいた。黄色の卵は生まれ出られなかった卵なのに鮮やかで美しかった。

ふたりで出かけた帰り、

「この近くなんだ。ちょっと寄っていかない」

と渡は祈与を誘った。祈与はついて行ったが、部屋の入り口に正座して動かなかった。あとで渡が言った。

「おれの部屋へ来て片付けようとしなかった女は祈与ちゃんだけだった」

渡の妹が大学生でともだちを連れて来た。マルクス、レーニンなどと話しながら、部屋の片づけを始めたという。祈与の家の近くに神社があった。高い階段をあがると一方に小さな森があった。ふたりは別れがたくなって、手をつないで歩きまわった。ふいにお巡りさんが来て、

「遅くなるから帰りなさい」

と言った。ふたりは声をそろえて、

「わかりました」

と答えた。お巡りさんの姿が見えなくなると、忍び笑いを洩らした。神社の森の木立の上、高いところに澄んだ満月が静かに輝いていた。

五　子どもたち

結婚を決意したとき渡が言い出した。

「ぼくは、ベルトコンベアに載せられたような結婚式をしたくない」

その頃はそのような時代でもあった。祈与は、理屈では賛成したが、こころの底では祈与の気持ちをとことん聞かない渡に、ちいさな不満を持った。そのような出発であった。

当日、父が早朝から築地へ出かけて、さしみや煮魚などの料理を買ってきてくれた。姉の頼子はどこかへ出かけて、帰らなかった。真一が、相変わらず何も言わずに座っていた。どのような気持ちでいたかわからない。祈与は真一の気持ちを聞かなかったことに、後で後悔した。後妻の人が、父を手伝っていた。また写真だけという話が出て祈与は伯母の黒い紋付を借りて頭髪をセットして、若い祈与の年よりじみた写真が出来た。

渡は伯父のモーニングを着せられたがいやいやで、花嫁の横に立った婿さんは不満が顔に表れていた。

祈与は勤めを辞めて、子どもを産んだ。ひとり目なので、祈与は生まれるまで心配ばかりしていた。だが生まれると、心配は遠のいた。赤子の目は渡に似て、二重の切れ長の大きな目だった。左右上下からその目を調べたが、近眼らしい要素はなかった。

赤子の名前は嘉穂（かほ）とつけた。

嘉穂はおむつが半年で取れ、二歳になるころは、おしゃべりを始めた。言葉が達者で、すぐに理屈を言うようになった。祈与は、内心この子は天才ではないかしらと、若い母親が密かに思うようなことを思った。

ふたり目も女だった。水穂（みずほ）と名付けた。こちらは母方の祖母に似た顔で、面長の色白だった。母方の家系には、目の悪い人はいなかった。父は、お母さんが目が良かったからお嫁にもらったんだ、と言ったことがあった。

母の愛は、祈与の結婚前に亡くなっていた。そのころの最高の技術で肺の摘出手術を受けて失敗して、「水、水」と水を欲しがりながら苦しんで死んでいった。生きることが苦しみであれば、この世から肉体を消すのも悪いことではないのかもしれない。

愛は高校生の祈与に言ったことがある。

「自殺して死にたいけど、新聞記事に出たらおまえたちに迷惑がかかるから、それはできない」

愛が亡くなったとき、清瀬の療養所から多摩墓地の焼き場に運んだ。祈与は車の中で声を上げて泣き続けた。悶え泣きのようだった。そばで従妹が、

「そんなに泣かないで。あなたには大津さんがいるじゃないの」

と祈与を慰めていた。祈与は泣き続けながら、戸籍上は離婚している愛が、死後、多摩墓地の墓へ埋葬してもらえるか、ひそかに悩んでいたことを思い出した。

父は何も言わずに愛を多摩墓地に入れた。愛の兄が、僧侶として一切を仕切っていた。母は、孫を見たいと言っていたが、間に合わなかった。母の愛の死は、祈与の佐々木に対する気持ちをおぼろげながら知っている人がこの世からいなくなったということであった。

真一は昼間でも自室に黒いカーテンを引き、閉じこもっていた。母の死も、悲しげな顔をして、無言で受け入れていた。のちに彼がオートバイ事故を起こして人事不省になったとき、運転免許の中から母の愛の写真が出てきた。真一は母をいつも胸に抱いてい

たのである。

愛の死がこんなに悲しいのは、母と子と同じ家に生きるという平凡な平和な小さな望みを叶えてやることができなかったゆえの悲しみであり、それが辛いのであった。愛を生き返らせて、小さな家で真一と暮らさせたかった。神にもできないことを祈与は強いて望んで泣いた。不可能を可能にしたかった。なんと先の見えないものに囲まれているのだろう。

愛は父の再婚を知り、医師を騙して外出許可をとり、自宅へ戻った。相手に会い、自分のいる場所が療養所以外にないことを改めて知り、夜遅く療養所へ戻った。それから血を吐き高熱を出した。死と戦いながら、父としての愛情をようやく諦めることができた。

愛は死と戦いながら、精神的に強くなっていった。母はそのとき医療費の関係で、父と戸籍上は離婚していた。薬などを国から支援してもらうために、愛は自ら望んで離婚していたが、愛にとってそれはあくまで形式的なものであったが、父は実質的な離婚と取っていた。父は貧困に負けたのだ。

祈与は、子どもを一生懸命に育てた。『アンナ・カレーニナ』を読んだとき、外にどんな好きなひとができても、自分は子どもを捨てて家を出ないだろうと思った。

「こんにちは　赤ちゃん」という歌が流行った。明るい歌声が祈与一家の中にも流れた。祈与は歌好きだった。童謡も毎晩歌った。渡が男の子を欲しがった。夫婦は男の子を願って、三人目が生まれた。三千二百五十グラムの、素晴らしい男の子であった。

ただ一週間しておくるみに包んで抱いて帰るとき、祈与は男の子の目元が父に似ているようにちらっと思った。それは迎えに来た渡の車から降りて、あたたかい太陽が赤子の顔を照らした一瞬だった。その一瞬が祈与の心に沈んだ。父に似ていることは僅かでもいやだった。

佐々木が勤務地から上京してきて、伯母の家へ行ったことを知った。伯母は、祈与が結婚したことを佐々木に教えたという。幼子を抱えた祈与に、父親以外の男性の興味はなかった。子どもを抱えた祈与にとって、その時の佐々木は、薄い流れる雲のような存在だった。

コンタクトレンズが開発されて、世に出回ってきた。コンタクトレンズは、出始めのころは高価で装着も手間がかかった。それは年々改良されていき、祈与もいままでに見えなかったものが見えるようになって、コンタクトレンズの不便さを我慢して、使用した。

コンタクトレンズは、風の日は目の中で動いてしまい、目を傷つけた。目の裏にいってしまい、目の中でレンズをなかなか見つけられないことがあった。子どもを抱っこしていて子どもの手が目の中をつつき、レンズが落ちてしまったことがあった。地面に落ちたレンズは探し出せなかった。祈与はレンズ代が頭の中でいっぱいになって、恥も外聞もなく這いずりまわって、小さなレンズをさがした。祈与のレンズは度が強いため、はじめのころは注文してできてくるのに五日ほどかかったし、値段が高かった。

卓球を、レンズを嵌めたまま、した。祈与はスポーツはみんな苦手で、卓球も下手だった。相手の球が、ストレートに祈与の目に飛んできた。あっと声をあげるまでもなく目の前が曇って、痛みが走った。ラケットを放り出していた。台の上にも足元にもコンタクトレンズは落ちていなかった。このコンタクトレンズを探すことはずいぶん祈与を苦しめた。だが不便さ煩わしさより、見えることを選んだ。

眼鏡で出ない度が、コンタクトレンズでは出た。〇・七近くが出たので、祈与はふつうの生活をすることがほぼできた。コンタクトレンズはどんどん進歩していった。需要が多かったからだ。

祈与は、中年になって若年白内障の手術をし、コンタクトレンズを使わなくなってからも、よく夢を見た。レンズを探して床を這っているとレンズが出てきた。指先で拾うとそれはオブラートでできたレンズだった。剝がしても剝がしても薄いオブラートだった。

レンズをいつもいつも夢の中で探して、いつもいつも出てこなかった。祈与は、小学生のころから星を見ることができなかったが、コンタクトレンズを嵌めて星空を楽しめたかどうか、記憶にない。

祈与の家は高台にあり、東と南に大きな窓がついていた。細い三日月から満月まで、赤い月から黄色い月、不気味な色の月などさまざまな月を見た。子どもたちは、独立して家を出て行った。広くなった家でゆきという名の白い猫を飼って、小さな娘のように愛情を注いだ。ゆきもまた愛情を返してくるような猫であった。

真一から電話がかかってきた。彼は結婚をしていた。同窓会があったので出席した。佐々木先生も来ていて、

「ぼくのところへ来て姉さんのことを聞くんだ。姉さんのことばかり聞くんだ」

と少しおかしい笑い方をした。後日佐々木に会ったときこの話がでると「はあ、元気です、というばかりなので、ものたりなかった」と説明した。

渡は事業熱に取り憑かれた。何度も会社を起こし、そのたびに失敗した。もはや家庭の人ではなくなっていた。渡は若い祈与の目に対する劣等感を取り払ってくれた人であったが、すっかり変わってしまった。

祈与は、渡の会社を手伝った。日帰りで生まれてはじめての飛行機に乗り、熊本まで、手形の集金に行った。手形を受け取り、熊本から東京の取引銀行へ電話をかけた。三日後の給料支払日までにそれを現金化してくれるように依頼した。

数か月後、神戸へ行った。神戸の街を港を訪ねて、歩き回った。渡の会社は、小型発電機を遠くバングラデシュ（Bangladesh）へ輸出していた。神戸港の窓口でたしかに出荷した証拠の印鑑をもらうためであった。一日でも早く証明書を銀行に渡せば、一日でも早く銀行から金が出た。

祈与は渡に、労いの言葉を求めなかった。渡は、夫婦は一心同体であると信じて疑わない時代のひとであった。おれが出世したとき、祈与は役に立つと言ったことがあった。渡は昭和一桁生まれで、祈与は二桁であった。祈与は労いを求めなかったが、こころは佐々木に水が流れるように流れていった。

月が変わることなく地球の周りを回転していた。

祈与が恐ろしいことを口走った。

「月が見えなくなった」

渡は強い声で言った。

「見ようとしないから見えないんだ」

と妻のそばを離れた。

ひとは変わる。変わらないひともいる。だがほとんど変わる。

郷里の津山で、義父が旅館や材木店などを経営して失敗し、財産を失った。渡は義父に似ていた、経営者に不向きなところが……。顔は全く似ていないのに……。考え方と顔は、別に遺伝するものであろうか。

ある夜、祈与は、サントリーホールへモーツァルトをひとりで聴きに行った。舞台に顔を向けて、半ば目を閉じて、全身で聴き入っていた。席は一階の中ごろだった。

つと目を開けて、指揮者を見た。

不思議な現象が起こった。はじめタクトを振っている指揮者の背中が見えた。だが指揮者が祈与の方へ向かった。顔か頭か正確にはわからなかったが、指揮者の頭が、指揮者の胸のところにあった。瞬きすると頭は頭の位置に戻り、またすぐに胸のところに頭は落ちていた。どれが虚像か実像かわからなかった。

その後しばらく、不思議な現象が目に起こった。それは目から脳へいく道で混乱を起こしているようであった。

家でテレビを見ていた。画面に女のアナウンサーが出ていた。彼女は横並びになって、ふたりになった。瞬きすると元のように、ひとりの人間になった。部屋の障子の桟が波打って見えた。直線の桟が曲線になって見えるのだ。祈与は頭がおかしくなったような気がして、首を何度も振った。

買い物に出た日、信号待ちをしていた。音楽が鳴り、青になった。先方から来る人がある地点まで来ると、体が小さくなった。数歩歩くと、元の背丈になる。祈与は自分が歩くことも買い物も忘れて、立ち止まった。先方から歩いて来る人がある一定の距離まで来るとからだが急に縮まって半分の背丈になり、すぐまた元の身長に戻るのを発見した。祈与は立ち止まって、魅入られたように歩いて来る人を眺めていた。どちらが虚像か実像か。よくわからなかった。

松本へはじめてひとり旅を試みた。松本の駅前のビジネスホテルへ泊まった。朝食事に降りていくと食堂は祈与以外は男性だった。彼らはコーヒー片手に、新聞を読んでいた。松本駅前でバスに乗り、美ヶ原高原へ行った。車中でひとりの女が、

「おひとりですか。ひとり旅はいいですねえ」

と親し気に話しかけてきた。バスを降りてぶらぶら歩いた。小さな塔が建っていたので、中へ入った。塔の一番上から山のつながりが見えたが、祈与には稜線はおぼろげだった。空は澄んでいて下の方に薄い雲が浮かんでいた。塔の壁面に山の形と連峰の名前が彫ってあったが、祈与にはそれもよく見えなかった。

階段を回りながら降りた。高校生たちが高笑いしながら、祈与を追い抜いて行った。祈与は急にめまいを覚えて、壁に寄りかかった。しゃがみこんで動きたくなかったが、人の邪魔になってはいけないと思って耐えた。若者の靴音が、塔の中に反響した。帰宅したら医者へ行く決心をした。簡単に病名はわからないし、治らないだろう。

六　網膜色素変性症

「ほぼ日本中にある検査をしました」

担当の美しい女医が言った。カルテを見て、上司の教授が低い声で病名を言った。祈与が、初めて聞く名だった。数年後には患者数が世界的に多く、よく知られた病名であることを知るのだが、そのときは看護師に病名をメモに書いてもらった。

祈与はそのころ、六十五歳になる少し前まで字が見えた。地下鉄のお茶の水駅の大学病院の眼科へも近道を通って、ひとりで通えた。

帰宅して祈与は、分厚い医学辞典をテーブルの上に出した。背中を丸めて、目を十センチくらい近づけた。だがすぐ背中を伸ばして財布からメモの紙切れを取り出した。それから「眼」の項目を開き「網膜色素変性症」の文字を探した。

両手に重い辞書を持って読もうとしたが、祈与はふとやめた。病名は決まっていた。

医者から聞かされてきた。苦しい検査を毎日あんなにした結果、病名がでたのだ。

喉の乾きを覚えた。頂き物の新茶があることを思い出した。お茶を飲むことにした。新茶はみずみずしい香りがして、むかしの懐かしい味もした。子どものころ田舎へ疎開したとき、自家用の茶作りを手伝ったことを思い出した。

だれもいない次の間から、庭を眺める。あじさいが夕闇に浮かんでいる。あじさいの根元に魔物がひそんでいる気配がある。

ほんの少しだけこころをからにして休んだ。

祈与は戦いに挑むような気持ちで文字をたどった。眼に本を近づけるため両手で持ち上げたので、腕や首や背中が痛んだが平気だった。

「網膜色素変性症。難病、治療方法はない。むかしはとり目と混同されたが、とり目とは症状が似ているが、異なる。遺伝性あり。近年は一般的に栄養状態などが良くなり発症は遅れているが、最後には失明する。」

「遺伝」と「最後は失明する」という二つの言葉が祈与を打ちのめした。祈与が高齢になった今は、分厚い医学辞典などというものは家庭から姿を消している。パソコンや携帯電話に膨大な辞書が組み込まれている。

手元の辞書の、「最後には失明する」ということは事実であったことを、祈与自身が証明した。

祈与は、六十五歳二か月で、障害者手帳一種二級を取った。六十代後半になってから目の悪化は、スピードをあげた。眼前が雲に覆われた。霧の中にいるようであった。いや、普通の霧が流れて濃霧になった。物の形や色が遠のいていった。人の顔が二重写しになることは、いつの間にかなくなった。その映像が見えるだけの明るさや視野が、祈与の目には残っていなかった。

しかも祈与がどのように言葉を尽くしても人が彼女の言うことを信用しないことが感じられた。医師でさえそのようであった。この世界は〈目あき〉のために作られているのだ。本人しかその痛みはわからない。

手帳が、一種一級になった。

祈与は、二つの病院の精神科を訪ねた。しかし今自分が一番困っていること、目のこと、渡の続けて起こる事業の失敗が解決できなければ、自分の精神は安定しないことを悟った。医者は、祈与の根っこが治せないことをわかっているのであろう。病院から出された精神安定剤を、ごっそり手を付けないままごみ箱に捨てた。祈与は、二か月分も同じ薬が出ていることを知らなかった。

　祈与は頼る人もなく、さまよい歩き続けた。そしてこれから逃れられるのは、自分のこころをひとりで立て直すより方法がないことを悟った。徐々に知っていった。頼れる者は自分しかいない。しかし祈与はふたたび佐々木の姿を求め始めた。

　買い物のついでに銀行へ寄った。一週間前に見えていた物が見えなくなった。極端なのは銀行のＡＴＭから出金するのに買い物の行きには下ろせたものが、帰りにはボタンの数字がどうにも見えなくなって、下ろせなくなったことだ。

　初めのころは、祈与は発症が遅いから生きている内は失明しないだろうという密かな希望が、楽観的な思いが起きていた。きっと病状の重い人間が、自分はまだ死なないだろうと考えるように……。

　祈与は遺伝を否定するような最近の研究発表を探した。ある新聞で外国のものだが「必ずしも遺伝とばかりとは言えない」という短い記事を見つけた。祈与は、その囲み記事を暗記するまで読んだ。

　新聞記事は読めなくなってきていたが、〈拡大読書器〉というのがあった。テレビのような大きさで、新聞記事を置くと拡大文字が出た。これは給付金で買えたが、高いものであった。しかも祈与のように目が悪化してどんなに大きな文字も見えなくなれば、この用具は使えなくなる、無駄になる。

他にも給付金を出してもらって手に入れても利用しきれないものはあった。祈与が一番愛用して、祈与の生きることを助けてくれたものは、音声パソコンとデイジー図書の再生機プレクストークである。時代に感謝したい。

祈与には、自分が受けた遺伝には、仕方がないという諦めと寛大さがあった。父が高齢になって、勤めていた役所の書類を見間違えたと言って困惑していたことを、祈与は覚えている。父の母、祖母は明治生まれのいかめしい顔の写真が残っているが、目が悪そうな容貌に見えた。

多分、実家が元武士だったという祖母が、劣性遺伝子の持ち主ではなかったかと祈与は密かに思っている。だからと言って、その父方の祖母を恨むような気持ちはない。祖母は五月十日の東京大空襲のとき米軍機の爆弾の火に巻かれて逃げ惑ったとき、祖母の目の悪さは彼女の手足まといになっただろう。

父は五人兄弟で、その中の一人だけ目が良かった。祈与は四人姉弟で、他の三人は目が良かった。祈与一人が悪かった。他の三人は目が良くて、ふつうの近眼でもなかったのだから、姉弟を恨みたい気持ちが湧いた。

弟たちには不思議と恨みはなく、姉には「この人がなれば、ひとのこころの痛みのわかる人間になったのではないか」と思ったことがある。

父は母のことを、

「目が良いから嫁にもらった」

と祈与の娘時代に言ったことがある。祖母から網膜色素変性症の遺伝子は劣性遺伝子となって祈与に伝わってきているのであろう。父は祈与が目が悪いからという理由で、姉の頼子に期待した。

祈与がもし七十歳頃に死んでいたら、高齢の中途失明者として暗闇の中に生きる苦しみを味わわなくて済んだろう。過去に「もし」という言葉はない。

苦しみの代償として祈与はなにを得たのであろうか。得るものはなかったのであろうか。いや、得たものはあった。今はその重量は測りかねる。シーソーゲームのように、どちらに傾いて止まるか、今はわからない。

最近、祈与に言った男がいる。

「持てる環境の中で育った人間の方が、素直で優しいように思える」

つまり祈与のように苦しみを抱いて生きてきた人間は暗く、ひねくれた根性を持っている人が多く出来あがるという。祈与はこの意見に反対だが、黙っていた。自分自身がそれを今は証明できないと思ったからである。


よく夢をみた。

混とんとした波のない、海の底で、大きな目玉の魚が祈与を追いかけ回していた。

「来ないで、来ないで。あたしに近づかないで」

祈与は悲鳴を上げて逃げていた。祈与は白いきれいな魚で、光の届かない海底に棲んでいた。光に当たることがないので、白い魚には目がなかった。大きな目玉の魚は、目の病気の遺伝子を持っていた。白い魚と結合したがっていた。白い魚は嫌だ嫌だと言いながら、大きな目玉の魚に負けた。最後の一瞬で拒否できなかったのである。それは本当の夢かあるいは空想であったかもしれない。

祈与は、少女のころから空想癖がでていた。毎晩寝床へ入ると眠りが訪れる間、空想をした。物語を作り出して連続ものとした。それは現実逃避であり、将来小説を創る源になったかもしれない。

毎晩祈与はこの苦しみを子孫の一人にも分け与えたくないと祈り続けていた。どうか、どうかと祈り続けていた。虚しさを感じながら祈りは消えない。祈る相手は〈神〉ではない。主に母の〈愛〉であった。

「あした目覚めたとき、目が見えるようになっていますように」

少女のころ山のように言われた同じ言葉。祈りの言葉。祈る祈りは聞き届けられることはない。それだからなお、祈りは続けられるのであろう。祈り方が悪いのであろうか。

七　濃霧の中から生まれでる

大津祈与は、失明の坂道を転げ落ちるようにたどっていった。

コンタクトレンズの普及は、祈与のように矯正視力の出ない目にずいぶん助けとなった。また中年になってから白内障の手術をして、コンタクトレンズをはめているくらいの視力が出た。東大病院のある眼科医の言葉によれば〈これでまともな目になった〉ということだ。この言葉は医者らしからぬ言葉として祈与の脳裏に残った。

祈与は中年になったころ〈かいだん〉という同人誌へ入っていた。そこへ作品を出すため、ワープロを使って文章を書いていたが、どうしても画面の字が見えなくなってきた。パソコンなら画面の文字の拡大、音声入力ができると聞いていた。祈与にパソコンのことを詳しく積極的に教えてくれたのは弟の真一と、中年になって祈与が入会していた同人誌の先輩の村田たみである。世の中には積極的に親切な人と普通に親切なひとがいる。また人間に無関心なひと、人間を無視するひとがいる。

村田たみは、祈与より十歳年上であった。夫君の遺したマンションの一室で一人暮らしをしていた。

ある朝、鏡を見たら顔半分の上の方がなくなっていたという。驚いて眼科医へ駆けつけた。緑内障と診断された。突然のことであったが、手術をして治るというものではなかった。失われた視野は戻らず、徐々に残った視野も削られてゆく。

彼女は非常に個性が強く、積極的に行動する人であった。眼科医を二、三巡り、たまたま近かった区役所の障害福祉課へ日参するように通って、目についての福祉情勢を調べた。それを祈与に教えてくれた。あるとき村田たみの質問に窓口の女性が、目が悪くても絵を見に行くのですか、と質問してきたことで、憤然として言った。

「目が悪くても絵が見たい。わたしは視野のあるところではまだ色も見えますから。エスコートしてくれる人を探してください」

と答えていた。祈与には、

「いろいろ福祉にやってもらうのは、わたしたちの権利なのよ」

と言った。

そこまで考えられなかった祈与は、黙っていた。権利という言葉が祈与にはなじまなかった。

村田たみは、若いとき作家「平林たい子」の秘書になり、作家の身の回りの世話や口頭筆記代筆などをした。そのときの経験が、晩年になっても村田たみのからだに残っているようであった。

村田たみは晩年も引き締まった筆致で良い文章を書いた。ちょっとしたつまずきで骨折して入院し、リハビリを受けるまでに回復したが、入院先のベッドで深夜ひとり、天国の扉を開けて逝ってしまった。最期にこの世の言葉でなにを言いたかったか、わからない。やり残したことに未練を持ったか、一瞬のうちにこの世を打ち切ったか、わからない。あまりに率直にものを言ったので、身近にいた同人誌の仲間に真意が伝わらず、誤解されることの多い人であった。

さて、祈与のパソコン歴だが、最初は東芝で、二代目三代目はＮＥＣである。次弟真一が車で池袋の量販店まで連れて行ってくれてノートパソコンを買い、面倒な手続きをしてくれた。秋葉原を見て歩いているとき、

「部品を買って、ぼくが姉さんのパソコンを作ってあげようか」

と言ったが、祈与は辞退した。祈与は、真一が子どものころ時計やラジオを修理するつもりで壊してしまい、父に叱られているのを見ていたからである。祈与は真一を頼り切っていたのに、この姉と弟は子ども時代からの影響で、真一は教える立場なのに、なんとなく遠慮していた。

自宅の机の上に白いノートパソコンが乗ったとき、祈与の胸は高鳴った。うれしかった。真一に当たり前のことを何度も何度も聞いた。彼はおとなしく嫌な顔一つしなかったが、もともと口下手なうえに技術屋で教え方が下手だったので、祈与は威張って教えてもらっていた。

高田馬場にある東京都盲人福祉協会のパソコン教室へ、祈与は通いだした。まだひとりで動ける視力と体力が残っていた。

そこの大池先生に、音声、メールなどの視覚障害者に必要なソフトを入れてもらった。最初のころ必要と教えられて購入したものが、使いこなせないで無駄になってしまったものが、結構あった。大池先生は知識があったが、初心者に教えているとき退屈して長い髪の毛の先を口に入れ、噛んでいるときがあった。その初心者は高齢で背中を丸めてパソコンにかがみこんでいた。彼女は何か彼女の目標があってパソコンを習い始めた様子である。

〈濃霧の中から生まれでる〉

これは祈与が友人の助力を得て立ち上げたブログの題名である。いろいろ相談したが、見えない者にはブログのアップが無理と言われ、ボランティアセンターで知り合った若い人に依頼した。今から約十年前くらいのことであろうか。

祈与は月三回更新することにして主に網膜色素変性症のことを書いた。固定の読者がぽつぽつ出始めたのに月三回が負担になったり、他に何かとあって、祈与は突然掲載をやめてしまった。

手伝ってくれた若い人、松鶴子さんは大阪本社から東京支店に転勤してきたひとで、ボランティアセンターで知り合った。本当に善良な人で上野やサントリーホールなどへも一緒に行った。東京に出てきた収穫のひとつに祈与さんと知り合ったこと、と言ってくれたことに祈与は感激した。

「濃霧の中から生まれでる」の紙面で貴重な体験がある。たまたま祈与のブログを読んだ人で、息子がまだ小学生で網膜色素変性症と医者に言われた人から便りを受けた。母親の苦しみは大変なものであった。いままで祈与は自分ひとりの身を悶々としていたが、母親は二人分を一つの胸で苦しむのであった。

小さな息子は、普通学級に入っていた。新一年生のとき、これほどの急速な目の悪化は考えられなかった。やがて彼の小さな机の上に拡大読書器が置かれた。教科書を置いて拡大された文字を読んだ。両親が働いていたので、ある程度の収入があった。ひとり息子は、目の補助用具を買うのに行政の給付制度が受けられなかった。目の給付の用具は、需要が少ないから高額な物が多かった。そのうえ目が変化していくので買い替えも必要だった。給付のない自己負担は一家の経済に負担になった。行政のきめ細かい配慮を、母親は痛切に訴えていた。

あちこちにある矛盾の穴を埋めていきたい。

ある子どもが、中学校入学を控えて盲学校への入学を勧められていた。一家はしり込みした。身近に視覚障害者がいなかった。親身に相談にのってくれる人がいなかった。盲学校というと、暗いイメージの中で盲人というレッテルを張られるように感じたし、幼い息子の将来も暗たんたる気持ちでしか見通せなかった。特に父親は一人息子の将来に夢を持っていた。

祈与は、盲学校で点字を習い、パソコンをマスターすれば職業も選べる、友達もできるというようなことしか言えなかった。それを現実化するのがいかに大変か計り知れない。

そのころ、祈与は地元の北区視覚障害者福祉協会へ誘われて入っていた。副会長と広報部長を、いやいや引き受けていた。そこには盲学校出身者がいたので様子を聞いて参考にしたが、自分の無力をも感じていた。

後日、祈与は、佐賀県在住の小杉春信という五十三歳の男性と知り合った。彼は小学校から盲学校に通っていた。ひとりでマッサージ店を経営していた。祈与の小説を、デイジー図書で聞いていた。

彼が、小学生時代に点字で書いた作文をメールで送ってきた。彼の承諾を得たので左記に載せたい。「網膜色素変性症」の母子がこれを偶然読んでくれたらと、夢のようなことを祈与は願った。

題名　道

小杉春信（小学部）

道を歩いて気づくことは溝が多いことだ。
なんでこんなに溝が多いのだろうと思う。
特にどぶ川のところに手すりがないところがある。
そんなところはとても困る。
でも仕方がないから杖で危ないとか、穴のあるとかを見つけなければならない。
道はとても怖い。
真ん中によれば車が通るし端っこに寄りすぎると溝がある。
溝に蓋があると心配はないのにと思う。
だけど作るとなれば大変だろう。
歩道のある所は歩きやすい。
車も来ないし溝もない。
歩道があると安心する。

題名　お母さん

小杉晴信（小学部）

僕のお母さんは寄宿舎に時々迎えに来てくれる。
僕がどんなにきつくても
伊万里の町に着いたら
買い物かごを持たせていろいろ教えてくれる。
そして家に行くときもいろいろ持たせる。
でも迎えに来てくれるから
我慢して自分で持つ。
そして月曜日学校へ行くとき
早くから起きて弁当を作ってくれる。
一番いやなのは

バスや汽車の中で話ができないことだ。
エンジンの音でおかあさんの声が聞こえないからだ。
でも好きです。

題名　空

小杉晴信（小学部）

空はとても不思議だ。
色が良く変わる。
雨の日には黒く
晴れの日には青く
白い時もある。
でも今はどんな色かわからない。
太陽の光で青や黒を思い出す。

いろいろな形に変わる。
魚みたいになったり
丸い形になったり
空はどこまであるだろう。
僕も高いところを飛び回って遊んでみたくなる。
雲に乗ってみたい。
天井を探してみたい。
もう一度青い空が見たい。

八　デイジー図書

祈与はパソコンの画面もキーボードも完全に見えなくなってから、小説を書きたいという意欲がはっきりと湧いてきた。もちろんその願いはこころの底には常にあった。が、それに立ち向かっていなかった。身辺に雑事が多過ぎた。それを祈与は、素知らぬ顔で見過ごすことができなかった。なんの役にも立たないのに、密かに思い悩んでいた。小説を書きたいという願いと、それは平行だった。

完全に全盲の世界から逃れられないと知ったとき、祈与にできることは、手探りでポチンポチンと一文字ずつパソコンを打つことしかない、と痛感させられていた。色も形もなく、あるのは暗闇なのだ。祈与の脳の中にあるものを首から肩、腕、指先へと伝えていけばよかった。そう、それでよかった。

「高齢な中途失明者」という過酷な晩年を逃れるために、自殺は常に考えていた。しかし盲目は、自殺の方法を奪うものであった。薬はない。芥川は最後に薬を選んだが、今の時代は簡単に手に入らない。祈与は引っ越しのとき、紐を取っておいた。首吊りに使うためである。しかし今どきのマンション風の建物は、紐をしっかり掛けるところがない。鉄道自殺は、今ではホームにひとりで行けない。電車の、前も後ろもわからない。若いときから、飛び込み自殺は多くの人に迷惑がかかると思っていた。近くの幹線道路は車が左右に大きな音を立てて動いている。しかし祈与には車がどの方向に走っているかわからない。キーという急停車の音、鮮やかな血がほとばしり肉片が飛び散る、そのことは容易に想像できる。

残った家族のことは祈与はあまり考えなかった。一番考えなくてはいけないと祈与のこころは囁くが、彼らが伴侶を入れると六人が祈与の死をどう考えるか、そのこころがわからなかった。悲しく寂しいことである。母子の愛情に自信があれば、そもそも自殺を考えないのではあるまいか。

今の祈与には、自ら死を選べない。物理的な意味で。高校卒業のころ、生きる意欲を、希望を失っていたころ、現実に母と弟たちの面倒をみるということは胸にあったが、小説を書きたいという夢はなかった。いや、もう少し深くこころを探れば書きたいという夢はあったが、それは現実味がなく、どのようにして一歩を踏み出して良いやら、手のくだしようがなかった。それは絶望に通じていって、若い祈与に先の希望を失わせた。しかしそれは表面上のことで、祈与の上の上の見えないところの雲の上で隠れて、「書きたい」という願いは輝きを失わずに隠れていた。

高齢になって光を失い、現実的に考えられるようになった。全盲という過酷な晩年が避けられないということがわかったとき、祈与は胸の苦しみを小説に書いて、それをデイジー図書にして全国の視覚障害者に聞いてもらいたいという目的意識を持つようになった。長い小説を朗読して吹き込む人、校正する人、など多くの善意のボランティアまたはプロがひとつのデイジー図書を作り上げるために働いている。そのデイジー図書を日本点字図書館、ヘレンケラー、全国の図書館から取り寄せて、視覚障害者は無料で借りて聞くことができる。

祈与自身、デイジー図書にどれほど感謝しているかわからない。これには世界、日本文学全集、古典医学書、歴史書など視覚障害者のための出版物が網羅している。デイジー図書は再生機で聞く。祈与は、プレクストークという再生機を愛用している。これで祈与の知識欲はかなり満たされている。何十時間も何百時間も聞いているのだ。

デイジー図書がなければ祈与はまともに生きていけないであろう。

祈与のパソコンは、見えないことに起因してトラブルが多発している。せめて一字二字見えたらパソコンのトラブルを自分で直すことができるのではないかと、絶望的な気持ちでパソコンを前にして思うことがしばしばだった。そばにいてパソコンを教えてくれる人がほしかった。

しかしそのような人はいない。

「ちょっとだけ、ちょっとだけ、教えてください」

祈与は秋のきれいに鳴く虫を探すように、教えてくれる人を求めた。

パソコン教室の講師がいた。全くの見えない人だった。頭の中にはパソコンの用語や使い方、直し方が詰まっているのであろう。そして教えるこころがあくまで優しい。わかるまで電話で教えてくれる。人はあんなに優しくなれるものか。きっと暗闇の中で生きているので、あのように優しくなれるのであろう。

真一は定年になると、会社をあっさり辞めた。妻が事故死をしていた。祈与は、彼に付き纏う孤独の影を見ていた。真一は少年のように寂しげであった。妻を恋うているより母を恋うているように、祈与は密かに感じた。祈与はパソコンがトラブルをおこすと、真一を呼んだ。わがままな時間の呼び出しに、いつも応えてくれた。自宅から車で一時間もかかる祈与の家にきてくれた。パソコンの教え方はあくまで真面目で謙虚だった。

だが病に倒れ、苦しんで母の愛のもとへ行った。祈与は慟哭した。ひとは死ねばその瞬間からおしまいと思っていたが、真一にはあの世で愛に会ってほしいと願った。

以前に北区視覚障害者福祉協会の会長が言っていた。

「見えなくてもいい人もいれば悪い人もいるよ」

祈与のこころに残っている言葉である。

『光る骨』という小説を祈与が出版したとき、数人の視覚障害者からメールをもらった。彼らはデイジー図書で聞いていた。札幌や佐賀などからで、その中のひとりが小杉春信であった。彼は小学校から盲学校へ通学していた。現在五十三歳だが視覚障害という点では、祈与よりずっと大人であった。ひとりで治療院を経営して、生計を立てていた。母親は昭和十年の生まれで、既に亡くなっていた。母親は彼を妊娠しているとき、風疹にかかった。医者に、目が悪いか耳が聞こえない子が生まれると言われた。周囲の反対を押し切って出産した。春信である。

祈与が母親と同年配のせいか、自分の内なる声を吐露する相手を求めていたせいか、祈与にメールを長文でたくさん書いてきた。自分の内なる声をまとめておきたいようであった。あるいはこころの奥のものが相手を求めて飛び出した。ほとばしる彼の声は祈与のこころを打った。祈与は熱心な聞き手になった。また春信から、視覚障害のこと、若い人生観、を教わった。

祈与の方が教わることが多かった。日曜日、仕事の合間も電話してくることもあった。

視覚障害者に光明をもたらした音声入りパソコンは、春信が二十代後半に開発されていた。

祈与が音声入りパソコンを買ったのが、二〇〇三年であった。

九　サービス付き高齢者用賃貸住宅

祈与が、ここサービス付き高齢者用賃貸住宅「さんぽの家」へ移住した理由は、長女嘉穂の家が近かったことと、次女と長男も車で五十分で来られること、月々の支払いが年金に少し足せばできそうなので、ここに決めたのである。しかし本当はどこにも行く場所、戻る場所がないのである。

家は、住んでみなければわからない。ここは東京の田舎であった。周囲の歩く道はでこぼこで歩きづらい。でこぼこだけならいいが、土の道は斜めに傾斜しているところ、小さな坂道が、アップダウンして続いているところがあった。また環七がそばを走り、昼も夜も交通量が激しく、歩道と車道が分かれていなかった。商店街はなく、祈与がイメージする民家もなかった。嘉穂にこぼすと、「お母さんは世間知らず」と言われた。祈与はあるいはそうかもしれないと思って、黙っていた。入居して三年が過ぎた。

建物は六階建てで、一階と四階に食堂があった。人は乳児のときおむつをされ、この世にお別れする少し前にもおむつをされるということが、ここにいるとよくわかる。おしりにおむつをしていても人生を楽しく閉じる方法を、高齢者は自分のこととして考えなくてはならない。赤ちゃんはおしりにおむつをつけても、あの、素晴らしい笑顔でときには声を立てて笑っているではないか。「おむつをしてもこころを楽しく保つ方法」を祈与はぼけ防止を兼ねて自分の脳に命じてみたが、果たしてこころ和む答えが出てくるであろうか。

四階の食堂の入り口で、祈与が全盲とわかっているようで「大丈夫？」と優しく言ってすれ違って行く人がいる。いつも「大丈夫」だ。同じ入居者だ。

祈与は咄嗟に「大丈夫」と答える。足が痛くて大丈夫でないときでも「大丈夫」と答える。名乗らない彼女は、祈与の返事を待っていない。祈与と交流を求めていないことは、すれ違いの一瞬でわかる。

「あの、大丈夫ではないのです」と答えたら、彼女はどう答えるだろうかと考える。まず無言。なにも聞こえなかったように、本当に聞こえなかったかもしれないが、そのまま行ってしまう。それから「あら、お元気そうよ」「だれも大変ね」「みんな病人ね」

とか言って、祈与のわからない世界に行ってしまうだろう。最近ひねくれ根性が芽生えてきている祈与は、「大丈夫?」を連発する人はイイカッコウシイかもしれないと思う。「さんぽのいえ」にいて気がついたことは、高齢者に耳の遠い人が多いということである。そしてなぜか、持っている人は少ないが、補聴器の具合が悪い。眼鏡より補聴器の発達は遅れているようだ。目のことばかり気がつく祈与は、この年齢になって耳のことを考えるようになった。耳の障害の発見は難しいことであろうが、やはり目の障害が一番重いだろうか。

かつて祈与が七十代初めのころ知り合ったひとで、目が見えないのに、高齢になって耳がだんだん聞こえなくなってきた、というひとがいる。音声パソコンの音量を最大にした。日々聞こえる音が薄く、遠のいていく。日々恐怖に追われている。耳に、脳に、人間の言葉が聴こえないで、複雑な音が聞こえる。星が落ちてきたとき聞こえるような音だろうか。

祈与は、彼の悩みの深さを思う。想像する。無音の静けさを思う。静けさは、肉体が地中に引きこまれるような恐ろしさだろう。祈与は、自分の意気地なさをこころの底から感じる。彼は祈与より十歳以上年下だったが、尊敬できた。彼は詩がうまい。詩作に意欲を燃やしている。彼の詩を読んで祈与は感銘を受け、彼を知るようになった。彼は中途失明者で、クラシック音楽、文学に造詣が深い。そして身内に不幸が集まってきているように感じられるが、彼はそれを克服していくだろうと、祈与は祈った。

最近、食堂のことで、祈与のこころを悩ませていることがある。悩まないようにその都度こころを引き立てているのだが、押され気味である。

食堂の入り口から祈与の席まで、たぶん二メートルくらいある。その間は摑まるところがない。祈与は白杖を左右に動かして前に進むのだが、短い距離なのに右か左に曲がってしまう。数か月前までは、食堂の人がそっと祈与の手をかすかに触れて、または肩をそっと押して、行くべき席へ案内してくれた。それが突然何か理由があったのだろうけど、祈与にはわからないが、コロナに関することではないのは、はっきり言えるが、突然祈与の案内を中止した。祈与は、ある係に聞いた。

「どうして昨日までわたしの肩の先に触れて席まで案内してくれていたのに、どうしたの」

彼はただひとりの男の配膳係で、祈与は最初に名前を聞き覚えて親しみを持っていた。

「上司から体を触ってはいけないと言われました」

祈与は、人も食卓も椅子も見えない食堂が暗さを増して、より深く暗黒になって摑まるもののない心細さを感じた。人間のいない荒野に裸で立っているようである。温もりのある人間の世界は消えてしまった。

透明人間の声だけが言った。

「もっと席は右です。もう少し、あと三歩です。手を出して。テーブルに触って。テーブルに沿って歩くと椅子です。椅子はぼくが引きますからかけてください」

多くの言葉を聞きながら祈与はすっかり暗い気持ちになって料理を待った。彼は祈与の傍に立って祈与に触れないように気を遣って、全盲の高齢者の案内をする。

別の日、食後の帰りに、祈与は出口がわからないでいた。遠くから大きな女の声がした。

「もっと右側です。あと四歩。いや左に三歩」

周りの話し声が入って聞きづらかった。祈与は彼女の声を無視した。遠くから全盲の道案内をしようとしているのだ、体に触れてはいけないという上司からの命令に従って。だが触れそうな近くにいて、触れないように注意して、そのやり方は自然ではなく作為的で自然の人情にも反している。

別の日、ここの食堂係はひとりで配膳をしているが、影のようにそばにいる人に祈与は聞いた。

「あなたはそれで平気なの？　うろうろしている、見えないおばあさんを眺めるだけで」

「いいえ、辛いです」

彼女の返事は少し涙声のように聞こえたが、わからない。上からの命令は絶対のようで、数秒の案内を自分の意思で動こうとする人はいなかった。自分の意思というものはないのだろうか。

別の日、明らかに祈与のそばにいるのだが大きな声で、

「前に二歩、あなたの足なら四歩かな」

はっきり大きな声で言っていた。祈与は自分に対する反感をその声と態度から感じた。

ああ面倒なのだ。

たちまち祈与も、配膳係の女に反感を持った。

「あなたはそばにいるのに、わたしを見える目で見ながら、口だけの命令的な案内をするのね、あなたはそれで平気なの？」

相手は、祈与の言葉を最後まで聞いていなかった。食堂は忙しい。彼女は途中で他の人のところへ行ってしまった。よくあることだが、祈与は空間へものを言っていた。人がいるのかいないのか見えない者に対して、悲しい行為ではないか。人はよく祈与のうしろや前をそっと通り抜けていく。祈与は風でそれを感じる。

ここ「さんぽの家」の食堂を経営しているのは「さんぽフーズ」という別会社であった。

祈与は「さんぽの家」のここの責任者の飯田にこのことを話すと、自分には食堂の従業員を指導する権限がないと言った。そして飯田は、さんぽフーズの責任者という三上を祈与の部屋へ連れてきて、話し合いをすることになった。娘の嘉穂が同席した。

「なぜいままでしていたものが、急にダメになったのか」

「いままでも規則ではだめだったが、いわばグレーの状態だったが、この際白黒させることにした」

「食堂の入口からわずか二メートルくらい、摑まるところがない。わたしは全盲で真っ暗で人がいるかどうかもわからない。まっすぐ歩いているつもりでも曲がってしまう。車椅子の人にぶつかったらどうしましょう。入口からわたしの席まで案内をしてもらいたい。腕に摑まって歩くというような大げさなものでない。進むべき方向を間違えたときに、ちょっと肩をたたく程度のことができないか。わずか数秒のことである」

さんぽフーズの三上はあくまでできないと言った。飯田はあくまで自分の意見をいわない。責任を回避する態度である。本当は祈与は彼と契約してここに入っているのだ。

祈与は言った、

「声だけであと三歩、右へ少し、いや左へ歩いてなんて言われることはどんなに屈辱的なことか、見えない人間のプライドを傷つけることか、困惑させることか、想像できますか。見えない空間から、あと散歩、少し右へと声がかかるのですよ」

答えは無言だった。そして、

「こんなことをしていると、自分は始末書を書くか、首になるかもしれない」

と三上は粘っこい声で言った。祈与は脅かしに感じた。あとで調べると虚言であった。ただ三上は、食堂の従業員に対してさんぽフーズの方針に従わなければ首にするとか言ったのではないかと、祈与は感じた。

「不幸にも暗い世界に生きる人間に対して、見える人間は手を差し伸べる気持ちがあるのではないか」と考えている祈与は間違っていた。「相手の立場に立って、針の孔ほども考えることができない人間が山ほどいる。いやほとんどの人がそうかもしれない」と、食堂事件のあと、祈与は考えるようになった。この事件は祈与をすっかりひねくれ者にした。「さんぽの家」と「さんぽフーズ」の世界は甘いものではなかった。

祈与は毎回暗い気持ちで食堂へ向かっていた。小さいことにわずらわされないようにしようと考えながら歩いた。

元来は善良な人々が、集団でひとりの弱い者をいじめる、そのような雰囲気が漂いはじめていた。かつて、関東大震災のとき、日本語の話し方がおかしい、これは朝鮮人だと言われて、善良な村人たちが集団でその朝鮮人たちを殺害したという、悲しい隠れた歴史がある。人間の集団意識の中で個を失う恐ろしさを、祈与は思う。

しかし、今回のトラブルで祈与のこころに明るい灯をともしてくれた人たちもいた。

祈与はその人たちのことを頭の中で何度も考えて、自分のこころが落ちないように努めた。

入居者で、九十歳になる野村という男性がいた。見える人の話では元気そうで、若々しいという。たしかに声に張りがあった。野村は食堂の入り口で祈与と手を取り、席まで連れて行ってくれる。野村は何も尋ねず、あくまで淡々として手探りの祈与に片手を与えた。

ケアマネのYは、第一声が祈与の立場に立っていた。

「そばにいて声だけで、ひどい！　人間として扱っていない。大津さんがどんなに屈辱を感じているか、我慢しているか、わかっていない」

祈与の立場で交渉にあたってくれた。

娘の嘉穂は、遠慮なく母親を批判するけれど、最終的には娘であった。祈与の身を考えていることを祈与は信じることができた。

祈与は、晩年になって三人の子どもたちと距離を感じて、淋しく思っていた。それは、高齢の中途失明者となった母親に子どもたちは冷たい、無関心のように、祈与は感じていた。祈与のほうに甘えが芽生えたからであろう。たしかに祈与は目が見えるころは、年を取っても子どもの世話にはならないと思っていたし、口に出しても言ったこともある。しかし息子が妻の実家のそばに越してしまったときは、大きなショックを受けた。根底を揺るがすような、激しいものであった。最終的には、息子は母親と暮らすものと信じていた。余命を数えられる今になって、精神的には三人の子を命がけで育てたという思いが出てきている。ああ、そのように思うなんて、暗闇の中にいるからであろう。こころの中で同情を求めていたせいであろう。いま、「他人」に冷たくされて我が子を信頼しなくてはいけないと、少し、思うように、打算的になった。

祈与の子どもたちが小学生のときであった。京都から神奈川県の相模原へ越してきた伯母、伊藤とよがいた。祈与は一週間ばかり家に預かった。とよは、当時はまだ出始めたばかりの白内障の手術を受け、失敗して失明していた。

クリスチャンになって、近くの教会からとよを信者が迎えにきて、教会へ連れて行ってくれるようになった。息子夫婦はそれを嫌った。特によねが、信者の出入りも嫌がった。とよは静かで小さな声でものを言い、食べるものにも遠慮した。祈与の娘たちは小学校から帰宅すると「おばあちゃん」と言って、とよの周りにまとわりついて遊んだ。老婆と子どもたちのしのびやかな笑い声が二階から響いて、一階で用事をしている祈与の耳に届いた。娘たちが珍しがったのはとよが針の孔に糸を通すときである。明るい方へ針をかざすという。見えるのではなくずっと昔からそのような姿勢をしていたから通せるのだという。

「本当は見えるのじゃないかと思ったけど、見えないのよ」

と子どもたちは言った。

とよは、浴衣なら一日一枚縫ったし、合わせは柄を見てやれば縫うことができた。このとき帰宅したとよは、自分で礼状を書いてきた。丸まった小さな字が少し斜めに並んで、一文字一文字懸命にこころを込めて書いてあった。心眼で書いているようであった。

祈与は新聞に、「盲目の伯母」というエッセイを投稿したことがあった。とよの着物を縫う姿をえがいた。紙上でそれを読んだ読者のひとりが、当時、とよが入所していた盲老人ホーム「聖明園」のとよの元へ、励ましの手紙を送ってくれたことがあった。

とよは、聖明園に入ったことを感謝していた。

「温かいご飯が黙っていても三度三度いただける。神様に感謝している。もしあたしが目が悪くならなかったら、妹や弟と喧嘩ばかりしていたでしょう」

と言った。八十九歳で最期までありがとうの言葉を忘れずに没した。

九十四歳の、市田という男性がいる。食堂の祈与の前の席にいる。紳士的と周りの女性たちは言う。若いときから医療器具を作る仕事を長い間していたと、祈与に話したことがあった。しかし最近彼は体のあちこちが弱ってきて、食堂へ出てこないときがある。食事を残すようでもある。祈与は心配で、自分が目が悪いことをつくづく残念に思う。目が良くてもなにも手伝えないだろうと自覚しながらも。

高齢者は気力をなくしては人間として生きていけない。市田には、気力がなくなってきているようだ。しかし、祈与が食堂のトラブルで憂鬱になっているとき、手さぐりで食堂へ入っていくと、祈与の手は隣の席の市田の方へ間違えていってしまう。すると市田の手が祈与の手の甲の上に乗せて、軽くたたく。祈与のこころに温かいこころが伝わる。細かい話はしていないが、すべてを理解してくれていて「がんばれよ」と言っているようで、祈与は思わず目頭が熱くなる。

食堂事件は、三上の上司の西田がでてきて祈与を訪ねてきて話を聞き、

「いやな思いをさせて申し訳ありませんでした」

と言ってくれた。またミーティングを開いて、元のように誘導するように話しますとも言ってくれた。実に外部の人たちが祈与のこころの支えになってくれた。福島智先生、区の障害福祉係、明るい話題を振り分けて電話を毎日のようにかけてくる友達がいた。

祈与はこの歳にして実に多くのものを学んだ。多くの人と話をした。祈与は内心の感謝とともにつぶやく。

「ボケ防止になったかな」

食堂の配膳係は、ひとが変わったようにやさしく手をとるようになった。その変わりように祈与は内心照れる思いであった。

十　満月ふたたび

祈与は、日記を小学校の六年生のころから八十五歳になる現在まで書いている。子どものころ、市販の日記帳を買って使ったことがあるが、値段が高いのと目立つのでやめて、大学ノートにした。これは机の上に出しっぱなしにしておいてもだれも日記帳とは気がつかない。

弁護士になった佐々木がいったことがある。

「浮気が発覚するのは、日記帳からが多い」

祈与は日記帳の扱いに用心するようになった。だが家人に、幸か不幸か、祈与の書きものに関心を持つ家人はいなかった。彼らは自分のことでとても忙しかった。

時代と共に、大学ノートはワープロ、音声入りパソコンと替わった。ワープロは、祈与が目が悪くなり画面が見えなくなるまで、長い間使った。書くものは、女の子用の赤い小さな万年筆、ボールペン、そしてワープロに移った。

赤い万年筆は、小学校卒業のとき佐々木からもらった。佐々木には、高校生のころ、たまたま街の本屋で出会って、本を買ってもらったことがあった。一冊だけ覚えているのは『女工哀史』である。与謝野晶子訳『源氏物語』を読んだのも、そのころであったろう。近眼の目を近づけて、闇雲に乱読した。


息子が大学生のころ、近くの中学生の火遊びで火事に遭い、住宅は燃え落ちた。たくさんたまった大学ノートはすべて燃えて灰となった。大学ノートはそのころはジェラルミンの大きなスーツケースに仕舞ってあった。日記帳はこころの友であった。親しい人との死別のようであった。

物も生きものも消滅する。近づいてくる消防自動車のサイレンの音が、不気味にそれを知らせる。祈与は見物人に混じって、家の燃えているのを眺めていた。聞こえてくる見物人のおしゃべりは、祈与のこころと地球を一周するほど離れていた。

火は、暗い夜空に高く高く伸びていた。風はなかった。鎮火したあとの柱ばかり残った黒々とした家、中が覗かれる、無残なピアノの姿。

深夜警官がパトカーで祈与を連れに来た。警察は、祈与が取り乱しもせず、火事の説明も筋が通っていたのと、燃えている家が会社で不渡りを受け、抵当にはいっていたため、祈与が放火したのではないかと疑っていた。証拠はなし、彼らは祈与が口をすべらすのを待って、質問は執拗だった。

火遊びをした中学生が、鎮火したあとの現場に戻ってうろうろしていて、警官に捕まっていた。祈与が質問を刑事から受けていたとき、中学生たちが警察署の階段を上っていく、乱れた重い足音を祈与は聞いた。


深夜を過ぎていた。

祈与一家が火事現場を去るとき、満月がただひとり上空に輝いていた。月の女神はこの夜、風を防いでくれて、火事は近所への類焼を免れた。月は泣くことがあるのだろうか。人間の心と共にあれば泣くことも笑うこともあるのに違いない。祈与一家は着替え一枚持っていなかった。

ＮＡＳＡのアルテミス計画が発表されている。宇宙飛行士が月面着陸を目指すという。計画名は、ギリシャ神話の女神の名前だろうか。

祈与がそのような人類の願いを横に置いているのは、祈与の眼前から月の姿が消えたショックが、いつまでも続いているせいであろう。

赤や青、黄色や白といろいろな輝きを見せるあの大きな満月が、祈与の前から黒一色を残して消えてしまった。信じられないことであるが、現実である。黒一色しか空にない。花の様々な色も青い空も、変化にとんだ雲の白も身に着けるファッションの色も、建物の色も愛しい人の顔も、すべての色とかたちが、一時間だけでなく二十四時間なくなった。追いかけても追いかけても捕まらない。戻らない。

絶望の中で生きることが強いられる。もちろん、ただ見えなくなる訳ではない。コロナもウクライナ戦争も肌で感じている。世界の指導者たちは、国民や兵士たちの命を我がこととして扱っていないように思う。祈与は怒りと悲しみをおぼえる。

だが、だが祈与は些細なこともひとりでは何もできないという無力感に囚われていて、個の世界へ入ってしまう。そして暗闇の空間を見つめている、と絶望という名の箱の中にいつの間にか戻ってしまう。落ちてしまう。祈与はどんなにひとのために働きたいことだろう。肉体的には無理なことだが、話を聞くだけとか共に嘆くとか……。

祈与は、余命をあと五年から十年と概算している。それは不遜な考えであろう。だが命は欲しい人に譲れない。

祈与は、自分の「網膜色素変性症」が遺伝で、その遺伝が孫たちに子孫のだれかに伝わるのではないかという恐れが強くこころを占めはじめた。万一そのようなことがあったら、どのように詫びていいかわからない。それを見る前に死んでしまいたい、という思いに囚われる。健康な人でも劣勢遺伝子は七種類から八種類持っているようだが、今の祈与には関係ない。

山中博士がノーベル賞を受賞されたとき祈与は、未来を考えてこころから喜んだ。自分の時代には間に合わない。しかし五十年先百年先には、自分の次の次の時代にはｉｐｓ細胞の研究が進んで、今の白内障の手術のように、網膜色素変性症も安全に安価に手術ができる日が必ず来るだろう。祈与には、間に合わない。だがもう実験的に成功した人もいる。日常的に手術が行われる日が必ず来る。祈与の死後、ずっと先だが必ず来る。それを考えるだけで祈与のこころに安寧をもたらす。暗闇に光が射す。

小学校の同級生に加藤忠がいる。子ども時代のことは覚えていないが、中年になってから同窓会のことで電話が入った。

「学年の同窓会を開きたいので幹事になってください。幹事だけでまず打ち合わせしたい」

祈与は同窓会に興味がなかったが、ふと行く気になった。待ち合わせの駅前のコーヒー店へ普段着のまま行った。四、五人集まっていたが加藤が中心になって、百五十人ほどいる同期生に案内状の作成と送付、会場や料理の下見など決めていった。祈与は案内文の作成や試食を手伝った。そのころは学年に四クラスあって一クラス四十人以上いた。大勢の子どもたちは教室に詰め込まれて勉強した。

祈与は加藤の顔を覚えていなかったが、それからふたりは断続的に付き合うようになった。加藤は紳士的で、ＰＴＡの会長などをしていた。

同窓会の当日、伊豆に会った。彼は祈与がわからなかったらしいが、祈与はその端麗な顔をグループの中に見つけて、すべてを一瞬のうちに思い出した。彼は左右と穏やかに談笑していた。性に目覚め始めた少年の憂鬱な顔はなかった。祈与のこころの中がきれいになって、遠い過去の中に消えた。過去は祈与を傷つけなかった。愛の消えたところに未練はない。くすぶっている燃えカスがあれば、水をかけてしまうことだ。

恩師の山本先生の家が池袋にあったので、気のあった数人が集まるようになった。そのころ池袋へ勤めに出ていた祈与が、集まりの中心になった。

渡が亡くなって、目も不便になったころ、加藤から電話がかかってきた。

「山本先生のところへ行くのに、君を車で迎えにいって送っていくよ」

加藤は自営業で、七十歳を過ぎても車で下請けなどへ出歩いて仕事を受け、働いていた。運動好きで、子どものころ野球のグローブを手で縫って作ったという。山本先生は佐々木と小学校の同僚であった。祈与と佐々木の間を知っている、唯一の人である。山本先生の妹が若いとき佐々木を好きになり、先生を通じて交際を申し込んだが佐々木に断られたという話を、祈与は山本先生から聞いたことがあった。祈与は、まだ物のかたちがわかるころ、山本先生と年賀状のやり取りをしていた。年賀状の片隅に「ご主人を大切に」と小さな達筆で書いてあった。さりげなさが胸に染みた。

先生の九十歳の誕生日に初老の教え子たちが集まって、笑いのひと時を過ごした。先生は、いらないと辞退しているのに、台所で教え子たちにアイスクリームの乗ったクリームあんみつを、大きな器に作ってくれた。先生は、祝いの赤飯をきれいに平らげた。

また先生には男子が二人いたが、夫君が亡きあと、ひとりで広い家に住んでいた。池袋は便利でいいと言っていた。徒歩圏内に商店街、デパート、国立劇場があった。九十三歳で特に長患いすることがなく、安らかに永遠の眠りに入った。

「結婚は本当に好きな人とでなくては、しちゃだめよ。あたしなんか親の反対押し切って鍋一つで嫁にきた」

とよく言った。老いてもそれが自慢のようであった。

加藤とは電話の付き合いがほとんどになった。しかし彼は祈与が引っ越しのときは電灯の笠の取り外しなど手伝ってくれた。ここサービス付き高齢者用賃貸住宅へ友達の中では一番早くに来てくれた。そのとき言った。

「君は見えなくなってもパソコンで小説を書いている。尊敬しているよ。ここは君の終着駅ではない。ここに途中下車していると思えばいい。途中下車なら、またいつでも出かけられる」

祈与は「途中下車」という詩をつくった。

だれもいない小さなホームに降りてみた
しばらくしたら　また出かけよう
悩みがいっぱいたまったら
それをすてて　またでかけよう
終着駅は先だ　またでかけよう
いつか　その日……

そのあとコロナが流行りだした。コロナは急速に人間社会を侵し始めた。人間らしい交流ができなくなった。

加藤は話さなかったので知らなかったが、満州からの引揚者で、父親は短期だったがシベリアに抑留されていた。一九四五年八月十五日を過ぎたが、現地では混濁の中で日本人・中国人・ソ連兵の命がけで争うことが日常であった。少年の純粋な目は、すべてを写し取っていた。妻とは恋愛結婚で、若い加藤は貧しくなにも持っていなかったので、妻にはいろいろ助けられた。「妻に感謝している」と、たびたび加藤は言った。

あるとき加藤から電話がかかってきた。久し振りだ。

「医者から癌って言われた」

「なに？」

「余命一年と言われた」

「昨日までテニスやっていたのに？」

「毎日図書館へ通って癌のことや人間の身体の仕組みを勉強する」

「ええ」

「必ず、治って、君のところへ行くよ。行って君を強くハグする。君の声を聴いているると命が広がる」

いままでもそうだったが、家族の様子がわからないので祈与から電話をしたことがなかった。入院も手術もしていないらしかった。

「見える世界に戻って文字が見たい、富士山が見たい。地球規模で動いている世界が見たい」

祈与は生きている限り、自分の見たいという欲望が消えないことを悟った。

加藤の家の近くには、川が流れていた。それ以降、彼は体調が良いとき、岸辺に置いてあるベンチに腰かけて、祈与に電話をかけてくるようになった。

「家からこのベンチまでくることが一つの目標なんだ。このベンチに腰掛けて君に電話する。暖かい天気のよい日に。きみと〈途中下車〉の話ができる。楽しい若々しい気分になれる」

彼は笑った。

足元にクローバーやたんぽぽの黄色、折れたすすきがはびこっていた。川は単調に静かに流れていた。

逆さに流れて戻ってくることはなかった。深さを思わせる、静止した状態のときもあった。向こうの方に、ゴルフの練習をしている男たちの姿が見える。

加藤の目はしばらくそれを追っていた。

はじめて癌を宣告されてから一年近く経った。

「あと半年と言われた」

加藤はこころの中と同じように急いで話した。

「倒れて救急車で入院して戻ってきた。病院から電話はできない」

「整理しているとツーショットの写真がでてきた。同窓会のときだ。今日はこれ以上話せない。家で心配するから帰るよ」

よろよろとして杖にすがり、自宅へ戻る加藤の姿が、目に鮮やかに浮かんだ。杖がなかったのが、今は杖なしでは外へでられない。

別の日かかってきた電話である。

「夜高熱が出て苦しい」

「話せない。声がでない。言葉がでてこない。コンディションの良いとき、またかけるよ」

加藤の声の色は変わっていた。からからというかがらがらというか。祈与には聞き分けられたけれど。祈与の声も震えていた。胸の奥から吐息が漏れた。

電話を切ると、涙が頬を流れた。こころの中で言った。同じ年だもの、そんなに逝くのに差がない。

ここ高齢者用賃貸住宅は、高齢社会の行き詰まりのようなところである。コロナや物価高の影響を受けているが、食堂に集まる人々は九十歳前後が多く、認知症のひと、なりかかっているひと、杖をついたひと、車椅子のひと、それなりのひとがいる。みんな行く道であろう。室内で犬を飼っているひともいる。

ここ高齢者用賃貸住宅で、祈与が見えないことに起因して問題がおきたとき、佐々木へ電話して相談したことがあった。彼は九十歳を過ぎていたが言語は明瞭だった。

「ぼくが電話してみよう」と佐々木は言ってから、

「君は説明が非常にうまい。だから決して感情的に動いてはいけないよ」

感情的に動いて失敗した過去のことが胸に浮かんで祈与は言葉がでなかった。

「いいね」

佐々木は静かに電話を切った。彼の妻は長い闘病生活の末苦しんで亡くなっていた。佐々木は身を削って看病した。渡は苦しむことなく七十七歳で亡くなっていた。孫たちと子どもたち全員に看守られての、安らかな往生であった。倒れたあと痛がることもなく言葉を発することもなく、八時間ほどで逝った。

再婚の機会がなかったとは言いきれないが、二人とも動かなかった。

祈与は佐々木のことを生涯先生と呼んでいる。

歳月は速度を上げて高齢者に迫ってくる。持てる時間の隅々まで自分の意思を行き渡らせようと、祈与は決意というほどではないが、考えた。

反省したいことは、長く生きればそれだけある。山のようにある。しかし後悔はない。みんな受け入れる。見える世界に戻って文字が見たい、富士山が見たい。地球規模で動いている世界が見たい。祈与は、生きている限り自分の見たいという欲望が消えないことを悟った。愚かな自分を受け入れよう……。

祈与は、急に食欲がなくなった。気力がなくなった。ひとのことが気にならなくなった。次に自分のことも気にならなくなった。単調な朝晩の繰り返しを、そのまま受け入れていた。ひとの言葉もそのまま受け入れた。

全身が弱ってきたので、入院することになった。身もこころも素直になっていた。うとうとと眠っていた。十時間も眠り続けていた。

おむつをされて、前を人手に任せているが赤児のように恥じることがない。ただうとうとと眠っている。いままでの疲れをとるように、安息を与えられたように。

祈与は暗闇の中に眠っていたが、ふと光を見た。夜空になにかぼーっとした光の物体を見た。

「満月……」

祈与の全身は懐かしさでふるえた。顔に微笑みが浮かんでいた。

（完）

あとがき

お読みいただいて、ありがとうございました。

視覚障害者の方はデイジー図書で聞いていただき、ありがとうございました。

「月の家」は、今わたしの住んでいるサービス付き高齢者用賃貸住宅をモデルにして書きました。「ひしゃげた月」は、わたしとしてはみなさんに分かっていただけるように書けるか危惧しながら、実験的な気持ちで文章を綴（つづ）りました。

「満月ふたたび」は、最期の死ぬときに光の中に満月を一瞬だけ見られる、ということを思いついて、そこが書きたくて気持ちが急ぎました。ほんとうはもっと長いものをゆっくりと書きたかったのですが、諦めました。わたしにとって、手直しは困難な作業です。ひかりのない暗闇の中で、一文字ずつ耳を研ぎ澄まして直す箇所をさがしだし、直していくことは至難の業です。絶望で両手で顔を覆いました。

しかし最期のとき満月を見られるという思い付きは、死ぬときの希望をわたしのこころに与えてくれました。単なる思い付きではなく、こころの拠り所へと育っていきました。現実に死に至る道を行くのに、死は期待であり、望みであり、恐れるものではなくなりました。ひとはかわっていくようですね。

世界中できな臭い紛争の嵐が吹いていることを、こころに感じています。「満月ふたたび」がわたしの最後の作品と思っていましたが、日々生きていると、その日々わたしには発見があります。生きていくのはつらいことですが、書きつづけていきたいと思います。

この本を出版するにあたってお力添えをいただいた方々に厚くお礼を申し上げます。

書くことは自分の非力を感じることですので感謝の気持ちは強いです。それは宛名書きひとつにでも……。

今津葉子さん、小松誠治さん、ありがとう。

杉谷昭人さん、小崎美和さんなどなど、ありがとうございました。

最後に、世界中にいる難病の網膜色素変性症の人々が一般的な治療を受けられる日が一日も早く来ることを祈って……。

二〇二三年　四月

初出

＊「月の家」「ひしゃげた月」　同人誌「北斗」へ掲載
「満月ふたたび」　書き下し

[著者略歴]
片山　郷子（本名 片山 恭子）

1937年　東京都新宿区に生まれる。
2003年　緑内障、網膜色素変性症発症

著作：詩集『妥協の産物』
小説『愛執』（1997年 木精書房）
第２作品集『ガーデナーの家族』（2006年 本の風景社）
エッセイ集『流れる日々の中のわたし』（2006年 驢馬出版）
第３作品集『水面の底』（2009年）
第４作品集『もやい舟』（2011年 鳥影社）
第５作品集『花の川』（2014年 鉱脈社）
第６作品集『"目覚めよ"と呼ぶ声が聞こえる』（2016年 鳥影社）
小説『光る骨』（2020年 鉱脈社）

1995年　エッセイ「柿の木」にて小諸藤村文学賞（長野県主催）最優秀賞受賞
1997年　小説「ガーデナーの家族」にて第６回やまなし文学賞（山梨日日新聞主催）佳作受賞（ペンネーム 清津郷子）
2008年　小説「空蟬」にて第４回銀華文学賞優秀作受賞

住所：〒123-0865 東京都足立区新田
Eメールアドレス：edelweiss0401@ybb.ne.jp

満月ふたたび

二〇二三年四月　六　日　初版印刷
二〇二三年四月二十二日　初版発行

著　者　片山郷子©
発行者　川口敦己
発行所　鉱　脈　社
〒八八〇－八五五一
宮崎市田代町二六三番地
電話　〇九八五－二五－一七五八

印刷
製本　有限会社　鉱　脈　社

印刷・製本には万全の注意をしておりますが、万一落丁・乱丁本がありましたら、お買い上げの書店もしくは出版社にてお取り替えいたします。（送料は小社負担）